文春文庫

夜明けのM

林 真理子

文藝春秋

夜明けの𝓂 目次

あけまして 10
初好奇心 16
ハワイということ 21
パリの作家 26
自己認識 31
テレビが好き 36
古老は語る 41
病める時も 46
卒業式 52
仕事大好き 57
テレビ漬け 62
人の名前 67
誕生日 72
春うらら 77

仰げば尊し　82
東大女子って　87
来たぞ、ネパール　93
クマリさん　98
実売数とサシメシ　104
おもてなし　110
私はアナログ　115
愛してるから　121
お父さんへ　126
三十年　131
二十年後　136
岩手の居酒屋　141
プリズンレジャー　146
吉本と参院選　151

ライブ好き　156
いい話　161
ギネスがあって　166
お金の行方　171
A君ガンバレ　176
手のひら返し　182
顎の話　188
生き方を　193
変わってる　199
即位の礼、行ってきました　204
綱渡り　209
耐える女　215
皇室とスマホ　220
空港の怒り　225
そば屋の賀状　230
作家のスピーチ　235
マカオ・ツアー　241

美智子皇后の「奇跡」 246

週刊誌エッセイ史上最多連載回数を達成！
「夜ふけのなわとび」1615回突破記念インタビュー 252

【特別対談】
瀬戸内寂聴先生に教わったこと 柴門ふみ×林真理子 264

夜明けのすべて

あけまして

みなさま、あけましておめでとうございます。

昨年（二〇一八年）はとてもよい年であった。福引きで銀の玉が次々と出てきたような感じ。私は年賀状の文面の最後をこう締めくくった。

「最高の年だった昨年。今年から落ちていくばかりだと思うと寂しいです」

秘書のハタケヤマが呆れた声を出す。

「ハヤシさん、年賀状にどうしてそんなにネガティブなこと書くんですか。書き直してくださいよ」

私は言った。

「『いいことも悪いことも長く続きません。これを無常と申します』私は瀬戸内寂聴先生のこの言葉を座右の銘にしてるんだよ。いいことばっかりが長くつづくわけないじゃん。来年からはきっとつらいことばかりだよ」

「だけどハヤシさん、元旦からこんなもん読まされるとイヤな気分になりますよ。ちゃんと書き直してくださいよ」

　ということでこういう風に直した。

「今年もいい年になるように頑張ります」

　しかしシラジラしいな。

　なぜなら今年は出版する本もこれといってなく、財政的にはつらい時期に入るはず。そして本が売れなくても、昨年の稼ぎの税金をどっさり取られる。

　いいことって思いつかない。

　昨年、

「こんなゼロ金利で、お金を銀行に預けていても仕方ない。株をやってみたらどうですか」

　という税理士さんのアドバイスに従い、生まれて初めて株というものを始めた。その少し前、隣家のオクタニさんから電話がかかってきたことも大きい。

「ちょっと、絶対に株で儲けさせてあげるわ。私の担当の証券会社のＶＩＰ担当紹介するわよ」

　この話を仲よしの友人にしたところ、

「あのお金持ちのオクタニさんが言うんだから間違いない。私もやってみたいから紹介して」

ということで二人で始めることにした。なけなしの定期をおろし、生まれて初めて株というものを買ったのがその夏のこと。

最初はかなり増えて、

「へぇー、株ってこんなにいいもんなんだ。もっと早くやればよかった」

と思ったのもつかの間、秋になってからあれよ、あれよと株価が下がって元金を割り込んでしまった。毎日スマホで口座を見るたびに元のお金が減っていく。

「やっぱり私たちって、お金儲けに縁がないねー」

と友人と言い合ったら、彼女が意外なことを。

「もうこうなったら、ビットコインを始めましょうよ」

私もよく知っている有名な経営者が、ビットコインの新規の購入者をつのっているというのだ。よかったら少し譲ってもいいという。

ビットコイン！　いくら本を読んでも全く理解出来ない不思議なもの。世の中にはこれで大金をつかんだ人がいるらしいが、今からではもう遅いというのが世間の認識であろう。

しかし彼女は続ける。

「その方が言うの、ゼロになるか三百倍になるかだって。だからなくなってもいい額のお金で始めなさいって」

「それ、私も欲しいな。やってみようかな。なんか面白そう」

私もさっそくその方に連絡し、三コイン譲ってもらった。本当にわずかなお金であるが、三百倍となるとすごい額。マンションも買えるかも。

「何を買おうかあ……」

とぼんやり考えるのが、この頃のならわしである……。というのはちょっといじましいかも。

しかし他に楽しいことなんか何も起こりそうもない。

夫との仲が急によくなる、なんていうこともないであろう。

このエッセイを読んでくれている多くの人から、

「ダンナさんのこと、いろいろ書いてるけど、あれってウソだよねー。話を面白くするためにモッてるよね」

と言われるがそんなことはない。ホンモノはもっとひどいかも。

年末は、たくさんのところからお歳暮をいただく。これが私がいない時に届くと夫は怒る。お手伝いさんがくるのが十時なので、朝早く届けてくれる人に文句を言うらしい。

宅配の人の間で、わが家は有名なようだ。

先日、地方に仕事があり、朝早く羽田に向かった。夫からのメール。

「四回ピンポンが鳴り、本当に大変だった。出発時間を調整出来ないのか」

怒りをおさえて私は答えた。

「仕事は相手があってのことです。私だけで動いているわけではありません。ピンポンには出なくても結構です」

ある日うちに帰ったら、夫が言う。

「今日、町内会というのが年末の寄付を取りに来たから、うちはやりません、と追い返してやった」

これでも私が、ウソをついているというのでしょうか。

話は変わるようであるが、最近離婚遺伝子という言葉が話題になっている。両親もお兄ちゃんも、本人たちも、息子もと、すべての人が別れた、花田家のことを言うらしい。確かにまわりを見ても、親が離婚した人は、かなりの確率で別れているかも。

私の親類で、離婚した人は誰もいない。みんなかなりの夫に耐えている。うちの母もそうだった。イトコたちや姪も言う。

「親戚中見わたしても、離婚した人いないね」

しかし私は知っている。実は母方の祖母が若い頃離婚していて、前の夫との子どももいることを。半世紀前に八十四歳で亡くなったから、今生きていれば百三十四歳か……。

しかし親が離婚してもちゃんと幸せに暮らせたうちの子どもは、それほど不安なく離婚に踏み切るのだろう。だから離婚遺伝子はそんなに悪いものではない。
なんてことを考える。今年もよろしくお願いします。

初好奇心

昨年ある方に国技館の桝席に招待された。

「とても楽しかった」

とまわりに言っていたら、今度は九州場所の砂かぶり席をいただいた。

「向正面《むこう》の二列目ですけどいいですか」

と念を押されたのであるが、あれほどバッチリテレビに映るとは思わなかった。まるで背景のように、私の顔がたえず土俵のあちら側にあるのだ。

「ハヤシマリコが相撲見てる」

とたくさんツイートされた。が、これはいいとして、マズかったのは夫に見られたことだ。仕事で一泊すると言って博多に出かけていたのに、嘘がすっかりバレてしまった。

「ナンダカンダと年中出歩いて、いろんなものに手を出して。今度は相撲なんてやめてくれよ」

ときつい口調で言われたものである。

しかし昨年末、知り合いの方から、

「行けなくなったのでさしあげます。どなたか誘ってください」

と初場所の桝席ひとつと砂かぶり二枚のチケットをいただいた。

本当にありがとうございます。こんないい席、私のようなものにもったいない。ちゃんと知識を身につけることにいたします。

そんなわけで今日は、九重部屋の朝稽古へ。どうしてそういうことになったかというと、昨年秋の3・11塾チャリティパーティーでのことだ。毎年のことであるが、九重部屋から多大なご協力をいただいている。

「部屋の朝稽古見学と朝ちゃんこを楽しむ権利　五名まで」

というのを、提供いただいているのだ。このチャリティオークションはとても人気があり、毎年値段がつり上がる。私たちにとっては、大切な資金源である。昨年はスピリチュアリストの江原啓之さんが落としてくださった。

その際、

「ハヤシさんも一緒に来ませんか」

とお誘いを受けた。そして朝の八時に私のうちまで迎えに来てくださったのである。

相撲部屋には一度行ったことがあるが、朝ちゃんこをいただくのは初めてだ。お腹を空かせるために朝ごはんを抜いた。しかし高速を降りる頃には、空腹のためにお腹がキユンキュン鳴ってきた。その時私は、あることを思い出したのである。

「この近くに、パンのペリカンのお店がある！」

ふだんは全く動かないくせに、こと食べ物に関することだと、パソコンなみの精緻さを発揮する私のアタマ。ペリカンは、現在の食パンブームの先がけとなったお店である。浅草の目立たないところにあるのであるが、いつもお客さんがひっきりなし。予約のパンがほとんどだ。それでもいくらか店頭で売ってくれる数があると雑誌に書いてあった。

さっそく行ってみると、開店してすぐのこともあり、並んでいる人は二人ぐらい。すぐにまだぬくもりの残るおいしい食パンを買うことが出来た。

そこから九重部屋は近い。下町のふつうの町並の中にある。行ってみると、もう朝稽古は始まっていた。まわしひとつのお相撲さんが駐車場まで迎えに来てくれたではないか。

「寒くないですか」

と質問したら、全く、という返事であった。中に入って納得した。全力でのぶつかり合いである。毎日のことなので、軽く体をならして……などと思っていたらとんでもない。取組と同じように本気でかかっていくのだ。力士の皆さんの顔は赤くなり、ハアハアという息があたりに満ちていく。ころがされるから全身砂だらけ。髷もほどける。形相も変わる。裸の体からは湯気が立っているのである。信じられないほどハードな稽古だ。

かけ声以外、誰もが無言で相手にかかっていく。

「稽古からこんなに本気でやられて、皆さんおケガしませんか」

と後で親方に質問したところ、

「ちょっとでも力抜いたら、相手に失礼でしょう」

ということであった。

十時半になり、朝ごはんとなった。私たちは親方と一緒にいただく。真中には鍋があり、若いお相撲さんがよそってくださった。テレビで見るのと同じでとても嬉しい。お鍋は塩鍋といって、塩で味つけしたもの。おだしがとてもきいている。野菜にトリ肉、トリのつくね、シイタケ、といったものがどっさり入っている。

この他に肉じゃが、ハムとホウレンソウのいためもの、鶏カツ、車エビのゆでたものというご馳走が並ぶ。全国の後援者からいろいろなものが届けられるそうだ。

「この車エビはそのコのお祖父ちゃんが釣って送ってくれたものなんですよ」

と親方が入門したばかりの男の子を指さした。

初めてのちゃんこはとてもおいしく、特に肉じゃがが絶品だった。おかみさんの指導で、若いコたちがつくるという。

食事の後は二階の見学に出かけた。ここはプライベートゾーンである。九重部屋は設備のよさが有名だということで、廊下は広く、力士たちの洗面所やトイレも新しくて綺麗。トイレの便座は確かに二まわりは大きかった。

そして皆が一緒に寝る大広間も、上位力士の個室もとても掃除がいきとどいているのには驚いた。うちなんかよりはるかに片づいている。朝四時からの掃除タイムで徹底的にするようだ。そのためか若い男の人の部屋独得のにおいがしない。どこもかしこもピカピカだ。

この他、二百キロまで計れる体重計や、部屋の読書コーナーもチェック。ここでも東野圭吾さんが人気であった。

最後に江原さんから、

「すごくいい〝気〟が出てる。今年は九重部屋躍進、間違いなし」

といい言葉をいただきみんな大喜び。私はお昼過ぎに帰ってすぐ、ペリカンのパンのトーストを食べた。ジャムものせる。あの空間で私はとてもきゃしゃに見えたし……。

ハワイということ

以前も書いた。ハワイへ行くたびに祈るような気持ちになると。

「どうかずっと、この島が日本人の楽園でありますように」

今、世界中どこへ行っても、幅をきかせているのが中国人と中国語である。ヨーロッパのいろんな国でも、ニューヨークでも、自国語と共に中国語が書かれている。

バブルの頃、高級ブランド店にいっぱいいいた日本人店員は姿を消し、いつのまにか中国人ばかりになった。

東京だって銀座は右も左も中国人。六丁目あたりは、聞こえてくるのは中国語ばかりだ。

しかしハワイは違う。

「立入禁止」

「すべらないように気をつけてください」

「営業は午後二時からです」

みーんな日本語がふつうに英語と併記されている。うどんの「つるとんたん」もあるし、お好み焼きの「千房」もある。おにぎり屋さんも大盛況。店員さんはカタコトの日本語を喋ってくれる。昔、誰かが、

「日本国ハワイ県」

と書いていたが、その傾向は根強くあるようだ。

私は行きの飛行機の中で、機内誌の地図を眺める。太平洋にうかぶ島ハワイ。ここに行くのには、日本から六時間ぐらいかかる。帰りはもっと遠い。北京、上海を見ると、日本から距離がある。四時間とする。すると六プラス四で、十時間かかる。旅行通の人によると、

「十時間なら中国人はヨーロッパに行く。あるいは近いところなら沖縄へ行く。ハワイまで足を伸ばさない」

というのである。事実中国からハワイの直行便は北京―ホノルル便がちょっぴり。

調べてみると、ハワイを訪れる日本人はなんと年間百五十六万人！　すごい数である。中国人はとみると、まだ日本人の一割ぐらいだ。

「よかった……」

私は胸を撫でおろす。まだハワイは、中国人の視界に入っていないとみえる。

「日本人とハワイの歴史もハンパないからね」

とある人も言った。戦前から移住し、苦労してきた方々によって、日系人の地位は高い。ハワイと日本との友情は、一朝一夕に出来たものではないのだ。

しかし今回来てやはり感じた。

「中国人がすごく増えてる」

私が調査の目で見ているせいか、ホノルルの高級ホテルやブランド店で、大きな声の中国語をやたら聞くようになったのだ。

「だけどまだ、日本語がいちばん使われてるもんね」

しかし思わぬ伏兵があった。私がよく行くアラモアナショッピングセンター内のイタリアンでは、

「お声をおかけするまで並んでお待ちください」

と英語、日本語の次にハングルが。そう、ハワイに来る中国人と韓国人の数はほぼ同じなのである。

私は真冬に行ったソウルを思い出す。東京なんかの比じゃない。じわじわと骨を凍えさせるような寒さ。あそこからハワイに来たらそれこそ極楽であろう。

またハワイでは、中国人が日本人の一・五倍お金を使うという統計もあり、やはり油断は出来ない。

ハワイというところは本当に不思議なところだ。老いも若きも、アメリカ人も日本人も、お金持ちもそうでない人も、ここに着いたとたん、ABCストアに飛び込み、アロハ、ビーチドレスに、ビーサンというハワイの「制服」を揃える。そしてこの格好でどこにでも出かけるのだ。ビキニだけで大通りを闊歩している女性もいるが、誰も驚かない。

私はこれを「常夏共和制」と名づけた。

気取る必要はまるでない。Tシャツにビーサンで、エルメスや、シャネルにも入っていける。これほどリラックス出来るところが他にあるだろうか。

昔から日本人はハワイが大好き。サントリーの「トリス」のキャンペーンがあり、ジャルパックの歴史がある。田舎では親孝行といえば、ハワイ旅行であった。

「どこそこの○○さんは、息子がハワイに連れていってくれたそうだ」

という美談はあっという間に拡まり、皆を羨ましがらせる。マカデミア・ナッツのお土産と共に。

現代では子どもが出来ると、まずはハワイへと行くことになるのであろう。どこでも楽しそうな親子連れを見る。とても幸せそうだ。日本人ならば一生に一度は絶対に行きたいハワイ。いや、ある時期からはハワイへ行くのはもはや日本人のならわしとなっている。これはまさに現代の「伊勢まいり」ではなかろうか。

江戸時代の人たちは、一生に一度はお伊勢さんへ行こうと一生懸命お金を貯めた。小説の取材をしたことがあるが、江戸の庶民は伊勢に行くために、いろいろなシステムをつくった。全員は行けないので代表者を送ったり、村単位で船でやってくるところもある。人が集まるところには自然とその種の場所も出来た。お伊勢まいりのついでに、若者に初体験をさせる地域もあったようだ。伊勢のお女郎さんはとても優しくて、次の朝、必ず手紙をくれたそうだ。

「昨夜はいかがでしたか。楽しかったでしょうか」

青年はこの手紙を懐に、意気揚々と故郷に帰るようだ。いい話である。

ちょっと背伸びすれば行ける憧れの地。お伊勢さんとハワイはよく似ている。

私がハワイを好きな理由は、あまりガツガツしないところだ。お店の呼び込みもあるにはあるがのんびりしている。ちゃちな名物料理に法外な値段をとったりしない。これもアメリカという基本があるせいか、カロリーはともかく、なじみがあってリーズナブルなアメリカの料理。私はうんと高いホテルの朝食はパスして、目の前のデニーズに行く。ハンバーガーやパンケーキがとてもおいしい。日本語が通じる。気を張ることがないラクチンなところ。そしていつかハワイに住んでもいいかなぁーと考えるのだ。

パリの作家

パリに出かけてくる、と言ったら、多くの人が声をあげた。

「えー、パリ、おっかないんじゃないのォ。イエローベストデモ、大丈夫なの!?」

しかし来てわかった。デモは土曜日の午後、と決められているだけでない。行進する場所や通りは、あらかじめ発表されているので、そこを避ければいいだけ。こちらのニュースを見ていたら、楽器を演奏したり、お菓子を食べながらの行進が続く。日本のニュースで見ているのとだいぶ違うのだ。

パリでは今、「ジャポニスム２０１８」が開かれている。建築、演劇、美術と多岐にわたっての博覧会だ。縄文土器から最新のアニメ、マンガまで大規模な博覧会。昨年の十月に終了した若冲展は、なんと七万五千人を動員したそうだ。

私は初期から亡き津川雅彦さんが座長をつとめたこのプロジェクトの推進会議にかかわっていたのであるが、最終の企画書を見て思わず声をあげた。

「〝文学〟がないんですけど」

よーく見ると、クローデルの『繻子《しゅす》の靴』をめぐっての講演会が、パリ日本文化会館で開かれる予定だと。

「こういうハイブロウなものもいいですけど、日本の今を伝える作家もお願いしますよ。作家の国際会議っていうと、いつも語学が出来る純文学作家が出席するけど、エンタメの人気作家の話をもっと聞いてほしいですよ」

とあれこれ提言したら、

「言い出しっぺのハヤシさんが行ってよ」

ということになった。それで私なんかよりもはるかに売れっ子の、桐野夏生さん、角田光代さんに声をかけたら、急なお願いにもかかわらず参加してくださることになったのである。

総合ディレクターは、在仏十七年の辻仁成さん。急に決まったシンポジウムなのに、人脈を駆使してフランスの有名女性作家を二人ひっぱり出してくれた。そして会場の手配からコーディネイター、通訳の折衝もやってくださったのである。

パリに到着したその夜、翌日のシンポジウムに備え、和食屋さんで軽い打ち合わせをした。軽い、といっても、日本の女性作家三人はすごい呑んべえなのでワインをがんがんいただいた。

辻さんいわく、

「フランスでは、本を読むのはインテリだけ。だから出版点数も内容も限られる」

つまり小説というのは、思想を表現するものなのだ。だからフランス人の女性作家は、すごいフェミニストとか、そうでなかったらアンチフェミニスト。議論もそんな風になるのではないかというのである。

「日本では、娯楽としての小説が確立していて、業界が衰えたといっても、私たち女性作家は、多くの読者を獲得している。そういうことをまず話したいな」

私が言うと、

「そうだね。フランス人は日本のことをとても知りたがっているから、そういう話に興味持つんじゃない」

という辻さんは、素敵なジャケットと、手にするシャンパングラスがきまっていて、いかにもパリのムッシュウ。日本にいる時よりもいきいきしている。シンポジウムの前の、フランス語のスピーチも、それはそれは見事なものであった。


ホテルの宴会場で行なわれた「日仏文学の今をめぐる討議」は、言葉の壁もあり、正直ちょっとうまくからまないところもあった。しかし集った数十人のジャーナリストやフランス人の翻訳者たちは、私を除く日本の旬の売れっ子作家を直《じか》に見られて、とても満足そうであった。

そもそも角田さん、桐野さんはフランス語訳が出ている。桐野さんにいたっては六冊も。男性の有名翻訳者の方は、後のレセプションで桐野さんに会えてとても嬉しそうだった。

それにひきかえ私は、短篇のオムニバスがあるだけ……。なんか淋しい気分になってきた。

コーディネイター役のフランス人の日本語学者は、私の本をとてもよく読んでいてくれて、

「今日は、パリ中の日本語翻訳者がやってきているから、ちゃんと紹介してもらいなさい。そして売り込んできなさい」

とアドバイスしてくださった。

しかし私の書いたものは、昔からアメリカやヨーロッパの人たちの感興《かんきょう》を呼ばないみたいだ。何かが欠けているようである。採算度外視して、

「この人の本を訳したい」

と思ってくれる人がいないのであるが、もういいです。私もトシですし、日本、アジア圏でつつましく一生を終えます……。

それにしても、その日集ってきたフランス人の方々は、男性も女性もいかにもインテリという感じであった。質問に立った小柄なフランス人女性は、

「先日フジノチヤと話して、とても有意義な時間を持った。彼は女装することによってジェンダーのヒエラルキーから逃れたと言っていた」

というようなことを語っていた。藤野千夜さんも網羅していて、すごいねーと私たちは驚いたものだ。やはりフランスでは、思想と書くものとが直結している人が尊敬されるようだ。

私の目の前では、たくさんのフランス語がとびかう。そのうちに私はほんの少しであるが、幾つかのフレーズが理解出来るようになった。

そう、今から四十六年前、初めてパリに行った私。作文コンクールに当選したからだ。初めてのパリに魅せられ、ソルボンヌに留学しようという野望を抱いた。帰国してリンガフォン（懐かしい）を買い、学校にも通った。かなり一生懸命やった時期もあり、サガンを原書で読むこともしたっけ。

が、例によって長続きせず、私はドメスティックな作家のままでいる。それにひき替え辻さんは本当にエラい。フェミナ賞も受賞し、このフランスでちゃんと評価されている。ここに来て彼のすごさが本当にわかった。彼は野茂と同じだったんだ。最後の夜、おうちに招待してくれたが、その料理はおいしく、国境をらくらく越えていた。

自己認識

「嵐」が活動休止を発表したのには驚いたが、NHKでニュース速報で流したのにはもっと驚いた。

ちょうど大相撲を見ている最中にテロップが流れたのだ。国民的関心事と局は判断したのであろう。

確かに嵐は国民的アイドルである。私はブレイク直前のコンサートに行ったことがあるが、歌も踊りもうまいキラキラした青年たちであった。その後はもはやチケット入手困難で、コンサートは諦めた。最近はひとりひとりの活動がすごい。櫻井翔君なんかは、ニュースキャスターとしても堂に入っている。他のメンバーも、ドラマで主役を張れる実力と人気だ。だから彼らの今後はまるで心配していない。ただグループで見られないのが寂しいかな。

そこへいくと心配でたまらないのは、小室圭さんである。

「いったいどうしちゃったのよー」

と言いたくなるようなマスコミへの文書である。

多くの人は思っているに違いない。こうなる前に、どうしてお金を返さなかったのか。四百万円は確かに大金である。しかしふつうのうちで、頑張れば集められない額でもない。親戚か上司のところへ行って頭を下げ、

「かくかくしかじかで、眞子さまと婚約発表いたします。もしかするとトラブルになるかもしれないので、人から借りたお金を清算したいんです。貸してくれないでしょうか」

と言えば、めでたいことだと誰でもポンと貸してくれたであろう。それをどうしてしないのか、私はずっと疑問だったのであるが、文書にあるとおり、彼らは「借りた」なんてまるっきり思っていない。もらったものと認識しているのである。

「もらったものを、どうして返さなくてはいけないんだろうか」

腑に落ちない。本当にわからない、というのが本音であろう。

時々こういう人がいる。お金の認識が、世間とはまるで違う人たちだ。

私の女友だちの一人は、食事代を払うのをとても理不尽なことだと思っている。人におごったりするのは、

「モテない人たちがする屈辱的行為」

という認識だ。

「私はすごく人気があって、みんなが私とご飯食べたがっているのよ。この私がどうして払わなきゃいけないの」

自分でまず財布を開いたことがないというのが自慢だ。

お金がどれほどおっかないものかわからないのだ。世の中には、タダより高いものはない、という格言がある。タダで人にしてもらったら、多かれ少なかれ借りをつくってしまう。この借りはとても大きく、生涯を狂わせることだってあるのだ。

先日、芸能界のフィクサーといわれる人の話題となった。その人は頼まれごとをされたら、すぐにその場で電話をするという。そのテの話はいろいろなところで聞いた。

彼は、目の前にいる相手への誇示という意味もあって、まずは依頼者の目の前で電話をかけるようだ。

依頼人が、

「すごーい。本当にあの人と喋っているんだわ」

とうっとりしている間に、電話でのやりとりが始まる。フィクサーの声は大きい。がんがん喋る。

「僕が何とかしといたよ。彼は僕の言うことはたいていのことなら聞いてくれるからね」

と恩に着せられる。

しかし、

「単にトシだからじゃないの」

と言う人もいる。別に相手に威圧感を持たせるためではない。

「とにかくその場で、何とかしないと忘れちゃうから、頼まれたことはすぐにその場でやるんだよ」

私は人に、それほど頼みごとをしたことはないけれど、たまに何かあると、すぐ目の前で電話をかけてくれて、

「もしもし、〇〇さん？　今、ヒトに頼まれてるんだけど、おたくのどこそこの場所を貸してくれない？」

なんて言ってくれると、本当に有難く頼もしい。

ところで最近驚いたことがもう一つ。それは佳つ乃さんが結婚なさったことだ。佳つ乃さんといえば、京都の有名な元芸妓さん。どうして全国規模の有名人になったかというと、いろんな俳優さんや作家、タレントさんと浮名を流して、それを週刊誌やワイドショーでもしょっちゅうとりあげられたからだ。

佳つ乃さんといえば美しい上に頭もよい。京都へ行ったことのない人も、「佳つ乃」さんという名前は知っている。京都のいわばアイコンである。

私は着物雑誌で一度対談させてもらったことがあるが、その美しさに息を呑んだ。小さな顔に、大きなつぶらな瞳、小さな唇。髪をいわゆる祇園風に、前髪を上げてふくらませているのも素敵。東京もそうだが、和の水商売の人たちは、若い女性をわざと老けたつくりにして、若さをさらにひきたてる習慣がある。若い時から佳つ乃さんはすこぶるつきの美女であった。そういう昔風の着物や髪型がとても似合うのだ。

もちろんしぐさやもの言いも、洗練されていて色っぽい。いわば女のプロフェッショナルである。ふつうの女性とは価値が違うのだ。事実、彼女には大金持ちのパトロンがいて、その人との子どもも産んでいる。今回の結婚に際しての、彼女のコメントは意外だった。

「今迄、男性に頼らずに一人で頑張って来ましたが……」

そうか、彼女の中での自己認識はこうだったのか。私はちょっと感動した。女ってなんて図々しくて面白いんだろう。圭君ママもそして私も含めて。

テレビが好き

昨年はあまりにも忙しく、心もカラダもかなり疲れたような気がする。

その反省を踏まえて、今年はとにかくのんびりと過ごすことにした。仕事はレギュラー以外出来る限り断わり、だらだらと毎日を生きることに決めた。

テレビばかり見ている。ぼーっとコーヒーを飲みながら、じーっと画面に見入るのは至福の時だ。

たぶん私ぐらい、真面目にテレビを見ている人はそんなにいないであろう。どうでもいいようなバラエティの、

「その人は誰でしょうか」

なんていうのも真剣に考え、CMの間も他のチャンネルにまわさない。ご存知のように、テレビは、ちょっと気になることを投げかけておいて、そしてCMに入る。私はこういう時、必ず解答を知りたいと思う。絶対どんなにくだらない内容でもだ。

そして百パーセント裏切られる。

「今日のゲストが貧乏時代、コーヒー代を貸してあげた超大物俳優とは」

大物俳優なんて出てくるわけはない。それでも私は確かめずにはいられないのである。ある時など、食事の仕度をしながら、私が全くテレビから目を離さないので、夫が怒って部屋に閉じ籠ってしまったことさえある。

そんなことはどうでもいいとして、私の中で衝撃的なことがあった。それは〝美奈子〟との再会である。

私ぐらい彼女のことを気にかけている人間はいないであろう。そう、かつてビッグダディと結婚していた頃から、ずっと注目していた。美奈子が初めての本を出し、それがなぜかバカ売れした時のことも憶えている。

名古屋の書店にサイン会に行ったら、翌日が彼女の出番だったらしく、

「美奈子先生、握手会、予約券配付中」

というポスターがあった。たぶん私なんかより、はるかに多くの人がやってきたに違いない。

私があまりにも彼女のことをネタにするので、対談が企画された。タレントとしてこれから頑張る、ということであったが、まあ、面と向かうとふつうの若い女性であった。サンダルがややチビていたのが記憶に残っている。

その後、彼女もそれなりに頑張ったものの、バラエティ番組で先生役になったのが決

定的な打撃となった。強者《つわもの》のシングルマザーたちを前に、彼女は自分の生き方をレクチャーしたのであるが、みんな「フン」という感じである。途中で美奈子は退室し、控え室で涙にくれた。

「どうしてこんなにひどいめにあわなきゃいけないの」

頑張れ、美奈子、と私はつぶやいた。これを乗り越えたら、あと三年はテレビで食べていけるよ……。

しかし彼女はその能力も気構えもなかったようだ。いつのまにか表舞台から消え、時々はネットニュースで消息を知るぐらい。元格闘家の男性と再々婚したのは知っていた。

その美奈子一家が、このあいだのフジの「ザ・ノンフィクション」に出ていたではないか！　久しぶりに見る彼女は、身なりも構わなくなりやや疲れた雰囲気。そしてお腹には八人目の子どもがいる！　子どもたちはといえば、私が心配していたように長男は学校に行ってなかったりする。しかし今度の旦那さんは、なかなか男気のあるやさしそうな人だ。すぐに「離婚」を口にするのはナンであるが、子どもたちもどーんと引き受けた度量の持ち主。

どうか今度こそ、美奈子には幸せになってほしい。子どもたちもちゃんと成人してほ

しいと、もう遠い親戚のおばさんのような気分である。こう考えるのは私だけではなく、次の日、

「久しぶりに美奈子を見た」

と、ネットでもすごい話題になっていた。世の中の人は、みんな美奈子のことが大好き、というよりも、気になって仕方ない。ハラハラドキドキしながら、見守っている。

そしてもう一人、テレビで久しぶりの人を見た。それは細木数子さんだ。その人の養女が、今度後継者になるということで、日テレの「しゃべくり007」が、大々的に持ち上げている。

えーと、細木さんというのは、反社会的な方々とつき合いが深いということで、テレビに出られなくなった人ではなかったっけ。かなりあぶなっかしい商法で、巨額の財産をつくった人ではなかったか。

それなのに「しゃべくり007」では、

「細木先生、細木先生」

と持ち上げ、まるで病気でテレビから遠ざかっているみたい。七十億とかいう京都の寺院やバーキンコレクションが、これでもか、これでもかと映し出されるが、このお金の出どころはどうなっているんだか。

養女が出てきた。これから後継者として売り出すらしい。

最初のトークはなかなかうまく、頭の回転の速さもシロウトとは思えないぐらい。テレビがすぐにとびつきそうな逸材だなあと眺めていたが、鑑定を始めたらびっくりだ。人を人と思わない、傲慢でふてぶてしい喋り方、断定的なもの言い、脅し方といい、あの養母さんにそっくりではないか。こういう話し方を、アシスタントをしていて、養母さんから学んだのだろう。

「鑑定にくる者なんか、みーんなバカなんだから、強い言葉で言ってやりゃいいのよ。みんなマゾなんだから。ぐいぐい言ってやれば喜ぶの。そして鑑定料は高いことね。安いと有難みないからね」

養母さんの声が聞こえてくるようだ。

このあいだはGACKTのあまりのカッコよさに唖然とした。この見事なツンデレぶり、この人がもしホストになっていたら、伝説的な売れっ子になっただろう。

若いイケメンも次から次へと出てきて、名前を憶えるのも大変だ。娘に教えてもらいながら頭のノートに書き込む。仕事をする気は、いったいいつやってくるのだろうか。

古老は語る

「まんぷく」の萬平さん、ついにインスタントラーメンを開発した。本当によかった。これでやっと福子さんの苦労も報われると安堵しながら、ふとあることを思った。

「このパターンって、五年前の『マッサン』と似てないか」

二〇一〇年の「ゲゲゲの女房」も、やはり夫の成功を妻が手助けするストーリイである。これはかなり興味深い道順ではなかろうか。

朝ドラはいろいろなヒロインを生んできたが、私の若い頃は「初めての女性」が多かった。

たとえば一九七六年の「雲のじゅうたん」では初めての女性パイロット、一九八六年の「はね駒《こんま》」では初めての女性記者が描かれる。

時代が下ると、今度はお仕事ドラマ。私も全てを見ているわけではないが、「はっさい先生」の教師、「ええにょぼ」の女医、「ひまわり」の弁護士、「ほんまもん」の料理人、「どんど晴れ」の旅館女将といろいろ並べることが出来る。

そして朝ドラのヒロインの夫たちは、たいてい早死にしたものであるが、「まんぷく」はそんなこともなさそう。福子さんは、これから先もずうっと夫を支えることになるはずだ。しかしこれを時代の逆戻りとは誰も思わない。私もそう思う。

もし福子さんが、実験室に入りずっと麺を見つめていたら不自然だし面白くない。さまざまなヒロインが登場した結果、

「夫を手助けし、それに喜びを見出す妻」

という形を、みんながごく自然に受け入れている。この時代、当然だったと素直に考える。これも男女の関係の成熟した形であろう。

ところで今年（二〇一九年）の大河ドラマ、最初はテンポが早くてこんがらかることもあったが、見慣れてくるととても面白い。特にわが家では、熱心に画面を見つめている。

私の義母、夫の母親は九十四歳になるが、脚腰がとても丈夫だ。夫の実家に行き、お茶でも淹れましょうかと、肥満した動作ののろい嫁（私のこと）がよっこらしょと立つ前に、義母は台所にすっとんでいく。

「私はね、ずっと陸上をやっていたから、今でも脚が丈夫なの」

とよく言っていたが、まさかその先生が「いだてん」の主人公の一人、金栗四三さんだったとは！

今から八十年以上前、義母は私立十文字高等女学校に入学した（府立は落ちちゃったの、とのこと）。そこで地理と歴史を教えていたのが、金栗先生だったのだ。

義母は私が結婚した頃、六十代であったが、あまりにも美人だったのでびっくりした記憶がある。おそらく当時もかなりの美少女だったはずだ。

金栗先生は運動神経抜群でもあった義母をとても可愛がり、運動場で、義母ひとりに走り幅跳びや棒高跳びなど、いろんなことをさせたという。その結果、走ることがいちばん合っていると結論を出し、短距離のトレーニングをほどこしたのだ。

その結果、義母は代表として「日米対抗陸上競技大会」に出場した。昭和十二年のことだ。リレーと六十メートル走に出たそうである。

以前から、

「明治神宮外苑で走ったのよ」

と聞いていたが、昭和何年だか本人も記憶が定かではない。今回この原稿を書くために、パンフレットを入手した。古書扱いで一万円もしたが仕方ない。昭和十二年八月二十八日と二十九日にこの大会は行なわれている。

女子は日本人だけの競技であったが、太平洋戦争前、日本とアメリカの青年たちが、神宮の森の中を走ったと想像すると心がほっこりする。どうかクドカンさん、このあたりドラマにしていただけないでしょうか。脚本はずっと先まで書いているはずだからもう無理でしょうか。義母の役は芦田愛菜ちゃんなんかで。

うちの義母いわく、

「金栗先生は、私の名前しか憶えていないの。だから、クラス中が騒がしくても、いつも私の名前を呼んでお叱りになるの」

よほどお気に入りだったに違いない。

義母と大河ドラマの結びつきは他にもある。西郷隆盛の弟、西郷従道の玄孫《やしやご》、西郷真悠子さんのことは既に書いた。大河ドラマ「西郷《せご》どん」にも、ちらっと出演した女優の卵である。山縣有朋の曾孫でもある。

その彼女がある日、私のところに家系図のメモを持ってきた。

「実は私、ご主人と親戚になるんです」

どういうことかというと、彼女のイトコの一人（ということは従道の玄孫）と、義母の実家方面の一人とが、縁組をしているのである。

人によっては、

「そんなの〝他人〟の領域」

と言われたが、真悠子さんは私と知り合うずっと以前から、そのイトコに、うちの夫と縁が出来たと聞かされていたという。有難いことである。

平成も終ろうとしている。昔の人からもっといろんなことを聞かなくては、とつくづく思う私である……。と言ったら、友人から、

「あなたもね、つくづく昔の人よ」

と嗤《わら》われてしまった。

そうだよなあ、ドラマにしても「おはなはん」をリアルタイムで見た人というのは、どんどん少なくなっているだろう。私は「赤穂浪士」の長谷川一夫さんの「おのおのがた……」も、はっきりと聞いている。そうそう、「独眼竜政宗」の、あの有名なセリフ、

「梵天丸《ぼんてんまる》もかくありたい」

も。これはたった一回しか言っていないということだが、いつのまにか日本中の大流行語となったっけ。

私と昔からの仲よし、漫画家の柴門ふみさんには「サイモンファイル」というものがある。これは昔から、彼女の気になったものをずっととっておくためのもの。

「〇〇ちゃんのデビューの時、整形する前のグラビア写真とか、△△さんが清純派だった時の記事とかあるわよ。今見ると面白いわよ」

いつか彼女と、ミーハーの古老としていろいろ語り合いたいものだ。

⋯⋯⋯⋯ 病める時も

あまり言いたくないが、今年の四月一日という誕生日をもって、前期高齢者となる。法律ではっきりと「高齢者」となったからには、これからは遠慮なく電車の優先席にも座らせていただく。映画やＴＤＬのシルバー割引もじゃんじゃん使おう。

そしてまず心をあらためなくてはいけない。私は入会以来、ほとんど行っていなかったスポーツクラブへ行き、パーソナルトレーナーを頼んだ。ぐうたらな私は、人にビシビシやられなければ、何もしないだろうとわかっているからだ。

トレーナーの人に言った。

「もうダイエットがどうのこうの考えません。ただ寝たきりになるのだけは避けたいんですよ」

わかりましたと彼女は頷く。

「これからは筋肉をつくると共に、ストレッチをやっていきましょう」

そんなわけで、ひっぱられたり押されたりしているのであるが、その痛いこと、痛いこと。呆れられた。

「こんなにカラダの硬い人、見たことない。私の今までのクライアントの二番めぐらいですかね」

そのことをいつも行く、美容院の人にぼやいたところ、

「仕方ないよねー」

と同情してくれたと思いきや、

「トシがトシなんだもん」

むっとした。が、そう言われても仕方ない年齢なのであろう。

そんなわけで週に二回ぐらい、ジムでしごかれているのであるが、このあいだは、

「筋肉の反応すごくいいですよ」

と誉められたのが救いか。

「ちょっと刺激したら、すぐに動くようになりましたよ」

考えてみれば、全く運動に無縁だったわけではない。いろんなジムやトレーナーに通い、始めちゃやめるの繰り返しであった人生。何にもしなかった人よりは、いくらかマシに違いない。

ところで昨年、さるお金持ちの勧めで、ビットコインのファンドへの投資を始めたことをお話ししたと思う。その方は、

「ゼロになるか三百倍になるかである。だから失なってもいいお金でやってください」

と最初にはっきりと教えてくれた。

多くの友人、知人からは、

「ハヤシさん、今さらビットコインやるなんてバカみたいだよ」

と止められたが、欲の皮をつっぱらせた私は聞く耳を持たない。こうして高齢者は詐欺に遭うんだろう。

毎日三百倍に増えたお金を想像してうっとりする。

「マンション買おうか……。それとも軽井沢の別荘建て直そうかなあ……」

しかし今年、新年になった早々、私のビットコインのファンドはゼロになった。運営会社から、

「次は頑張ります。またチャンスを」

という挨拶状が一枚、ファックスで送られてきた……。

今年こそ、本当にお金を貯めようと思っていたのに、のっけからこの事態だ。

ビットコインを勧めてくれたお金持ちから、おわびの電話があった。

「ハヤシさん、本当にすみませんねぇ」

「いえいえ、三ヶ月間、いい夢みせてくれたから全然いいんですよ。楽しかったですよ」

こんな根性だから、私はお金とは無縁なのだ。お金は淋しがり屋だから、大勢の仲間がいるところに自然と寄っていく、というのはよく聞く話であるが、それともうひとつ。お金はプライドが高いから、ちゃんと敬意をはらい、大切にしてくれる人のところにしかいかないのではないか。私のように「好きですよ」ぐらいでは、なかなか来てくださらないのである。

ところで最近の週刊誌の見出しは、「親の死後の手続き」か、そうでなかったら「認知症になったら」「寝たきりになったら」というものばかり。

すべてのマスコミが、手をとり合って「ネガティブ大キャンペーン」を張っているのだ。この五年ぐらい度を越していると思うぐらいに。

ふつうの人は私ほど週刊誌を読まないかもしれないが、全誌に目を通していると気が滅入っていく。この先には、呆けか寝たきりしか待っていないと、毎週教えられているみたいだ。

いくらノー天気の私でも、

「老後に備えてお金を貯めなきゃ」

と思うのだから、このキャンペーンの威力たるやすごい。その一方で、

「年寄りはもっと金を遣え」

というのだから矛盾している。一説によると、年寄りのタンス預金は四十三兆円にのぼるとか。成りすまし詐欺が隆盛を誇るのも、家の中にすぐに持っていける数百万のお金があるからだと友人は言う。

年寄りは今後のことが不安でたまらない。だからせめていい施設に入ろうと、お金だけが頼りなのだ。お金を遣わなくなっても、誰が責めることが出来るであろうか。

この頃、人の結婚式やドラマのシーンで、

「健やかなる時も病める時も」

という牧師さんの言葉を聞くたび、複雑な気分になる。このあいだまで「病める時」は、命にかかわるような病気と認識していたが、今ははっきりと「呆け」か「寝たきり」だ。人生五十年なら、愛する人がかかるのはふつうの病気だった。配偶者は手厚く介護しただろう。しかし八十、九十まで生きる時代、「病める時」は、深ーい暗い意味を持つはずである。

私のまわりの女性たちは、その時のことを考えるとぞっとするという。好きでもない夫のオムツを替えるのかと。その反対もある。しかし結婚する時、そんなことは誰も考えないはず。こんなに気安く誓っていいのか。

高齢者は考える。「病める時」についてのことを。相手のオムツを替える時も、と言い直した方がいいのかもしれない。が、重たく考え始めたらますます女は結婚したくなくなるかも。問題はさし迫っていると、あれこれ考える前期高齢者である。

卒業式

いよいよ卒業の季節がやってきた。

私たちは卒業式というと、好きな先輩にお花を渡したりと、甘酸っぱい思い出が甦ってくる。

しかし八年前、東日本大震災があった被災地では、多くの場合、卒業式は忌まわしい記憶と重なっているのだ。三月十一日が卒業式の学校が多かったのである。

「これを見てください」

何度か支援のために訪れた石巻の中学校で、一枚の写真を校長先生が私たちの前に置いた。それはピースサインをして、卒業証書を持つ三十人ほどの生徒の姿であった。

「うちの学校は午前中が卒業式でした。みんなで楽しくこの写真を撮った後、津波がやってきたんです」

幸いなことに、家にいた生徒は全員が無事であった。しかし学校が全壊し、家を流された子どもたちもたくさんいる。

別の高台の中学校に行ったところ、卒業式の日の黒板がそのままになっていて、胸がつぶれる思いだ。

「みんなずっと仲よく！」

「〇〇中、最高だったよー！」

いろんな色のチョークで、花や似顔絵が描かれていた……。

あれから八年たった。当時私たちは、作曲家の三枝成彰さんの呼びかけで、小さなボランティア団体を立ち上げた。「3・11塾」という。大震災によって親御さんを亡くした子どもを援助していこう、それは金銭面だけでなく、精神的にも支えていこうというものだ。

「本当の親になれるはずはないけれど、東京のおじさん、おばさんにはなれるはず」ということで、会員は一人につき数人の子どもを受け持つ。そして彼らが何をしたいか、何になりたいかを個々に聞いていくシステムだ。

多くの子どもたちが希望するのが、学習支援であった。家庭教師をつけてほしい、塾に通いたい。もう一度ピアノを習いたいという女の子もいた。また被災地の子どもには、世界中から短期留学の招待がいくつもあったが、そのインフォメーションもして、費用の一部も出した。希望する子どもには、歯列矯正もしているが、これは東北の歯科医の方々がボランティアでやってくださっていて、私たちは材料費のみ支援している。

ところで、この「3・11塾」を立ち上げた時、ある篤志家の方がこう申し出てくれた。

「もし医学部へ進む孤児、遺児がいたら、学費、生活費、全額みますよ」

こんなチャンスはないと、私と三枝さんは東北へとび、記者会見をしたり、各地の学校にビラを配ったりした。

しかし医学部志望の子どもはなかなか現れなかった。A君の情報がもたらされたのは三年前のこと。仙台の名門校を卒業し、医学部をめざして今一浪中の男の子がいると。しかも彼のお父さんは外科医で、震災で亡くなっているのだ。

私は「受験の神様」と呼ばれる和田秀樹先生に、一緒に仙台に行ってもらった。ホテルのロビーで待ち合わせをしたA君は、いかにも秀才といった感じで、端整な顔立ちである。

和田先生は彼の予備校での成績をつぶさに見つめ、そしてこう指摘した。

「予備校で数学が十点しか上がっていない。こんなことはあり得ないよ。これは教え方が悪いんだ。東京の学生なら、さっさとこんな予備校やめてるよ。あのね、医学部っていうのは学校によって入試問題にそれぞれクセがある。だから志望校を決めたら、そこに一番合った勉強を効率よくすればいいんだよ、悪いことはいわないから、僕の通信教育を受けなさい」

しかしA君はいかにも東北人らしい、律義な性格であった。

「予備校の先生とずっと二人三脚でやってきました、今さらやめられません」

「わかった」

と和田先生。

「だけど君は、たぶん来年もどこにも受からないよ」

その後、3・11塾の理事であるB子さんと、せめてものお礼にと、仙台でお鮨をご馳走した。お酒を飲みながら、和田先生は悲し気につぶやく。

「どうして僕の言うこと聞いてくれないのかなあ。僕なら絶対に合格させてあげるのに」

そして年があけて二月。和田先生の言うとおり、A君はどこも不合格であった。再び仙台に行くおせっかいな私たち三人。

「僕はやっぱり予備校の先生についていきます」

A君はきっぱり。

「君、来年もダメだと思うよ」

というやりとりがあり、三人でまたお鮨を食べた。その後いろんなことがあった。A君とお母さんに東京に来てもらいじっくり話し合った。が、彼の意志は変わらない。そして受験のシーズンがやってきた。東京の医大を受けるA君を、B子さんは家に二週間泊めてあげた。その間食事の世話やめんどうをみ、まるでわが子のように心を尽くしてあげたのだ。

「うちは娘だけだから、男の子、本当にかわいくて……」

しかしその年も彼はすべての医大、医学部に不合格であった。三浪となった彼はやっと決心してくれた。

「最後まで患者を見捨てなかった、父のような医者になりたい。ですから和田先生の通信教育受けます」

そして一年間やった結果、今年はなんと四校一次合格。そのうち私立の一校から見事合格通知が届いたと聞いて、私たちは手を取り合って喜んだ。実は篤志家の方から、

「もう八年たった。医学部行く子が今年出なかったら、支援の話はなかったことに」

と言われ、最後のチャンスだったからである。

今週の土曜日には、中学生の時から私がつき合ってきた、女優志願のC子ちゃんが、タレントスクールを卒業する。その卒業公演を皆で見に行くことになっているのだ。なんと夫も一緒である。口やかましく、

「もっとちゃんとめんどうみてやれ。もっとうちに呼べ」

と文句を言うだけで、自分は何もしなかったが、ずっと心にかけていたらしい。

仕事大好き

先週、和田秀樹さんの通信教育で、見事医学部に合格したA君のことを書いた。仙台に住む学生さんだ。

その後さらに朗報が。A君は国公立の医学部には達しなかったものの、既に合格が決まっている私大の成績上位者に選ばれ、奨学金対象者になったのだ。

これはすごいことではなかろうか。昨年まで、一校も合格しなかったのに……。

そして土曜日、こちらも先週書いたC子ちゃんの卒業公演を見に行った。女優志願でタレントスクールに通っていたが、今年二年間のレッスンを修了したのだ。

二百くらいのパイプ椅子を並べた小さな劇場であった。ミュージカルが始まる。C子ちゃんが力いっぱいダンスを踊るオープニングを見ていて、「震災で亡くなったお母さんに見せてあげたかった……」

と思ったら目頭が熱くなった。

これからつらいこともいっぱいあるだろう、プロの俳優さんになれるなんて、ほんのひと握りの人たちだ。

しかし、

「この道に行きたい、この道が大好き」

というところからすべてが始まる。そして自分の仕事が大好きな人は、それだけで幸せの鍵を持っていると私は信じているのである。

ところで話は変わるが、

「センセイ、二回めだよ、この場所から」

新幹線を降り、タクシーに乗ったとたん言われた。最近こういうことがたまにある。タクシーに乗ることがやはり多いし、行動半径が決まっているからだろう。

「センセイじゃないけど……」

と言いかけてやめた。初老の運転手さんはたぶん私の名前を知らないのだが、物書きということはわかる、そう呼んどけば間違いないだろうという配慮なのであろう。

「センセイ、大変だね、仕事かい」

京都の書店さんでのサイン会の帰りだ。作家はこういうプロモーションで案外忙しい。運転手さんはいろいろと話しかけ、そして自分の人生について語り始めた。

おそらく作家は、こういうことがふつうの人の数十倍あるに違いない。人は作家とみると、何か話したくてたまらなくなってくるようだ。タクシーの中は密室で、しかもそれが三十分ぐらい続くことがある。

「いやあー、センセイ、タクシーの運転手ぐらい楽しい仕事はないよ」

「へえー、そうなんですか」

意外であった。私がふだんよく聞くのは、運転手さんの愚痴というやつで、いかに勤務条件が厳しいかということ、そしてついていない過去。倒産、失業、離婚、奥さんの病気、ｅｔｃ．……だからよほど感じの悪い人でない限り、私はタクシーの釣り銭をとったことがない。案の定その運転手さんも、

「センセイみたいにチップくれる人もいるしさ」

と憶えていた。

「センセイ、この仕事最高だよ。もー、本当に楽しいよー」

「でも嫌なお客さんも、いっぱいいるんじゃないですか」

「そんな人とはさー、口きかないだけだもん。ぜーんぜんへっちゃら」

「そういうもんですか」

「そうそう、ほら、『家政婦は見た！』っていうのがあるでしょう。こっちは『タクシー運転手は見た！』だね、社内不倫の二人だって、すぐにわかっちゃって面白いよー」

運転手さんの口は次第になめらかになり、こちらが聞いていないのに収入にまで及んだ。

「年金がね、月に十八万なの、それでね、運転手の収入が三十万。もうそんなに働いてない、週に三日だけ。三十万入ればもうそこでやめちゃうの。孫に何か買ってやる分には充分だもん」

お孫さんとの食事会、愛犬の写真などを見せられて、私は心がほっこりした。つらいことが多いのではと、勝手に考えていたタクシードライバーさん、それが結構高収入で楽しいと証言する人に出会った。よかった、よかった。

驚きはさらに続く。十日後原宿からタクシーに乗ったら、

「英語、フランス語、中国語、スペイン語に対応します」

というステッカーが。しかしあたりにスピーカーとか通訳機のようなものはない。私はつい尋ねた。

「英語で対応する時、どうするんですか」

「このマイクで会社につなげます。会社には喋れる者が待機してます」

これで謎は解けた。しかし中年の運転手さんはその後意外なことを。

「でも僕は別にマイク使わなくても……。一応みんな喋れますから」

「ええ!? フランス語も中国語もですか!?」

「ええ、外資にずっと勤めていましたから、英語はもちろん、フランス語も中国語も、スペイン語も少しなら」

私はそれっきり黙る。だったらどうしてタクシーの運転手さんをしているの？　という質問をしなくてはならなくなるが、それはあまりにも失礼というものだ。やがて、

「乗せるのこれで三回めですよ」

と運転手さん。三回とも原宿から乗ったそうだ。それからまた会話がぽつぽつと始まる。今年の五月で停年になるが、そうしたら小説を書いてみたいそうだ。

「テーマはタクシードライバーから見た東京ですね」

「なるほど」

家が近づいてきた。いちばん知りたいことをまだ聞いていない。どうしたらいいのか。

「このお仕事、何年ですか」

「二十年です」

また黙る私。小説のために、三、四年やっていると考えていたのだが。すると彼は私の心を察したようだ。

「だってこんな効率いい仕事ないですもん。僕は二十年間トップクラスで、月に八十万をくだったことありません。やるならタクシードライバーでしょう」

「八十万！」

私の認識を変える二人のプロに続けて会った。これって何かの暗示だろうか。自分の仕事が大好き。すべてはそれから。そんな言葉でC子ちゃんを励ませということか。

テレビ漬け

昨年があまりにも忙しかったので、今年はしばらくゆっくりしようと心に決めた。考えてみると、ふつうなら退職している年齢である。フラダンスやキルト制作に励み、たまには温泉に行ったりするのが一般的な六十代。

そうよ、そうよ、ちょっと遊んでいたって、誰に咎《とが》められることがあろうか。昨年本当に働いたもん。だから取材やイレギュラーの仕事はほとんど断わり、講演会も月に一度するかしないか。小説の新連載はみんな秋からにしてもらった。

するとたんにヒマになった。それで昼間はエステ、午後から歌舞伎という、まるでいいとこの奥さんのような日々が続く。別の日は友人と昼からフレンチに行き、夜は評判の和食屋さんの個室へ。

その日は、IT関連の若い社長さんが二人、それぞれに奥さんを連れてきた。二人とも美人でびっくりだ。

お金持ちというのは、やはり綺麗な人と結婚するんだなあと感心する。いや、結婚した頃、彼らはまだ起業していなかったと聞いた。ということは、まだ彼らが何者でもなかった時に、ちゃんと将来のことがわかっていたということになる。美女というのは、すごいセンサーが働くのだなあ。いやいや、そもそもＩＴ社長たちは、東大卒の高学歴なのだから、有望なのはあたり前なのだ、などとあれこれ考える私である。

とにかくイキのいい旬の人たちとご飯を食べるのは、本当に楽しい。本当は年上の私が払わなくてはいけないのであるが、彼らの方がふたケタぐらい上のお金持ちなので、ワリカンにしていただいた。

そして次の日は、また別の高級割烹の個室へ。これはさるお金持ちのご招待である。なぜご馳走していただいたかというと、この方の勧めるビットコインを昨年買ったところ、今年の正月にゼロになった。このコラムに書いたところ、週刊文春の広告の見出しにもなった。

その方はそれを見て、

「本当に申しわけない」

と、私ともう一人ビットコインを買った友人を招いてくれたのである。

私はわずかな間でも、自分が億万長者になる夢を見させてもらったので、少しも怒ってはいない。それなのにその方はものすごく気を遣ってくださって、年代もののワインまで開けてくれるではないか。そして、

「今年は人まかせにしないで、自分でやろうと思います」

と誓ってくれた。

うちに帰ってからはだらだらとテレビを見る。よくしたもので、昨年のように時間に追われていると、ちょっとしたヒマを見つけて本を読んだ。本を読むのだけが息抜きだったといってもいい。

それなのにヒマになると、本なんか読まなくなる。ずうっとテレビを見ている。どのくらい見ているかというと、うちにいる時は夕方から夜中の一時まで、テレビの前に座っているのだ。

その後、お風呂の浴槽に浸かりながら週刊誌を読む。これが私の至福の時だ。

それからどうでもいい話だと思うのだが、起きるのは七時から七時半である。このあいだは八時過ぎに起きて夫に怒鳴られた(実話)。

「毎晩、遅くまで遊びまわって夜中に帰ってきて――」

帰宅するのは食事を終えて九時半から十時であるが、先に寝ている夫には真夜中に思えるらしい。

当然私は反論する。

「このトシで、自由業で、寝坊していったい何が悪いワケ!?」

夫は答える。

「そんなに居直るなら、家庭なんてなくてもいいだろ」

そうですね、本当にいりませんね、などと怒鳴り返さないところが私のえらいところである。朝からケンカしたくないので、じっと我慢する。

そして次の日からは、黙っていても七時に起きるようになった。臆病な私は怒鳴られたことが、心のどこかに残っているのだ。

まあ、七時に起きるのは「朝ドラ」の「まんぷく」を見逃さないためもある。

「朝ドラ」は、見るシリーズと、見ないシリーズとがある。見ると決めたら、一回も見逃さない。今回の「まんぷく」は、今のところ皆勤賞だ。このところカップヌードルがなかなか完成せず、「消化試合」的なところがあるが、やっぱり見てしまう。

安藤サクラちゃんの演技力については、今さら私が言うことではないのだが、頭にカーラーを巻いて、やや猫背気味になり、動作がオーバーになった。完璧に「大阪のちょっといいとこのおばちゃん」になっているのにはびっくりだ。顔の表情も、若い時のそれとまるで違っている。

反対に「後妻業」の木村佳乃さんは、痛々しい。どう見ても東京のいいところの奥さんが、無理してやっているという感じである。

ヒョウ柄着て、煙草吸って、大阪弁まくしたてても「大阪のおばちゃん」にはなれない。笑い方とか、ちょっとしたしぐさであるが、安藤サクラちゃんは見事なりきっている。

そして日曜日の夜は、すっかり「いだてん」にはまっている私だ。このあいだは、ストックホルムの美しい景色の中、各国の美青年アスリートたちが登場。水着姿の女子選手も当時を再現している。

ちなみに私の大学の卒論は、田中英光の『オリンポスの果実』についてだった。戦前のロサンゼルスオリンピックに向かう、日本選手の淡い恋を描いたもの。かなり時代は違うが、「いだてん」の世界である。

主演の中村勘九郎さんも素晴らしいし、三島家のお坊ちゃまを演じる生田斗真さんの走りっぷりもすごい。安仁子《あにこ》さんのこともこのドラマで初めて知った。どうしてもっとみんな見ないのか腹が立つ。そして今回の事件。本当に気の毒だ。なんとかドラマを傷つけないいい方法をと、「いだてん」ファンの私は祈らずにはいられない。

創作のつらさを知っている一人としても。

人の名前

久しぶりに「田辺聖子文学館ジュニア文学賞」の表彰式に出席した。

これは田辺先生の母校であり、「田辺聖子文学館」を学内に擁する女子大が母体となっているものだ。会場が大阪となるため、なかなか行けなかったのである。

私は中学生の部の、小説とエッセイの選考を担当している。高校生の部は小川洋子さんだ。全国から毎年千以上の応募があり、そのレベルの高さといったらない。

そして特筆すべきは、応募者には暁星やフェリス、女子学院といった名門校の生徒が多いということ。公立だと国立や中高一貫の進学校が目につく。こういう学校には熱心な先生がいらして、夏休みの課題として応募を勧めてくださるのだ。

小説で最優秀賞かつ「田辺聖子賞」を受賞した、中学三年生がスピーチしたが、その立派さにびっくりした。

「小学校の頃から小説を書いていました。将来は作家になりたい」

とはっきりと言った。このコならなれそうな気がする。

それにしても、表彰式にやってきた生徒さんたちの可愛らしいこと。キラキラ光る目にバラ色の頬。聡明さがにじみ出ている。胸のプレートの名前で作品を確かめているうち、あることに気づいた。みんな凝った名前であるが奇抜なところはない。いわゆるキラキラネームとは微妙に違う。

というのは、その前日「王子様」という名前の青年が、改名を勝ち取ったというニュースを見たからである。

おそらく可愛い男の子を産んで、お母さんは喜びと誇らしさで胸がいっぱいになったのだろう。本当に「私の王子様」だったのだ。それにしても「王子様」と名づけなくてもいいだろうに。子どもの頃から、さぞかしからかわれたであろう。

そしてこれは別の記事であるが、キラキラネームは、就職にさしつかえるというのを読んだことがある。確かにアニメの主人公のあて字や、ヤンキーご用達の漢字の羅列を見せられると、

「ちょっとなあ」

と親御さんのセンスといおうか、レベルを疑ってしまう人もいるに違いない。

とはいうものの、あまりにも平凡な名前というのもつまらないかも。私は「真理子」という、ごくありふれたものなので、ちょっときらびやかな名前に憧れる。サイン会をしていると、何人かに一人、本当に美しい名前の方がいらして、私はメモする。小説の

主人公の名前に使わせてもらったこともある。

　私は「林真理子」という名前に、そう満足をしていないけれど、そう嫌いでもない。「まずまず」といったところか。


　もう半世紀以上前のこと、小学生だった私は、絵の教室に通っていた。写生に行き、初めて名前を名乗った時、

「ハヤシマリコ……なんていい名前なんだ」

　と感に堪えぬように言ってくださった先生がいた。いわゆる芸術家肌の絵の先生だったので、なおさら印象に残っていたのだ。その時の記憶があまりにも強かったせいか、デビューの時にペンネームはまるで考えなかった。後になって悔やんだこともあるが、まあずっとつき合ってくれた名前である。感謝しなくてはならない。占ってもらうと、画数がいい名前とも出る。

　今から二十四年前のこと、私の熱心な読者の方と親しいつき合いをしていた。やがて彼女は妊娠し、女の子を生んだ。その時名前をつけてくれと頼まれ、そりゃ私は張り切った。花の名前にちなんだ綺麗な名をつけたのであるが、先日その女の子と初めて会った。慶応を出て、商社の総合職をしているのだと。自分の名づけた子が、こんなに美しく聡明に育っているとは望外の喜びであった。

ところで私がもらってアレ、と思う名刺は、ダブルネームが書いてあるもの。以前、広告プロダクションの人と名刺をかわしたら、カッコの中に芸名が書いてあった。大ヒットした歌を歌っていた方だ。しかし四十年も前のことで社員として歌ったそうだ。しかも一曲だけだと。意味がわからない。話題のためなら口頭で言えばいいのに。

それから英語名を書いてあるのも、ちょっとなァ。トムとか、ロバートとかだ。

「海外とのつき合いが多いので」

と言いわけしていたが、それならば二種類の名刺を持てばいい。

漫画家の西原《さいばら》理恵子さんも言っている。名前にこういう英語名が混じるのは、とてもインチキっぽいと。私もまず用心してしまう。

初めて「あまちゃん」で彼のことを見て、すごいインパクトだと思った。お鮨屋のおじさん役でろくに喋っていないのであるが、風貌といい雰囲気といい、一度見たら忘れられない。しかも、名前が「ピエールナントカ」と聞いて、

「ちょっとなァ……大の大人がそんな名前で」

と思ったことがある。リリー・フランキーさんのように、徹底してふざけた英語名ならいいのだが、「ピエール」というのが、かなり本気で気取っている。

そうしたら今回の事件だ。いいトシしてコカインやるなんて、やっぱり「ピエール」だけのことはある。世の中に対する諧謔《かいぎゃく》が、クスリにつながったのであろう。

しかし彼はひとつだけいいことをした。法に触れることをした人物の出演作を、テレビや映画で流すべきか、かつてないほどの論争がわき起こっているのだ。

勝負は五分五分といったところか。私の主張は、タダで見られるテレビはこれから流れるものに限ってカット。お金を出して見る映画はその必要なし。選択は観客にまかす。イヤな人は見に行かなければいい。クスリをやって「ピエール」を名乗る男の演技を、見たい人は見る。シンプルでしょ。

誕生日

もうじき四月一日がやってくる。

私の誕生日である。

「少し早いですが」

と言って、ハタケヤマが誕生日プレゼントをくれた。なんとハズキルーペではないか！

「わーい、これ、欲しかったんだ。嬉しい」

かけてみると、本当に目の前のものがはっきりと見える。老眼鏡よりも重くないのもいいかも。

そしてよせばいいのに、そのままで鏡を見た。

「ギャーッ」

シミやシワまではっきり見える。

ついこのあいだまで、肌だけはほめられてきたのに……。気がつくとお婆さんの顔。

まだまだ若いと思っていたのにと、ついつい愚痴がでてしまうのも誕生日が近いから。ついこのあいだ、大勢の人たちが集まって還暦のパーティーを開いてくれたのに、あっという間に五年がたってしまった。みんなからお祝いに、真赤なドルチェ＆ガッバーナのジャケットをもらったのは、ついこのあいだのような気がするのであるが、ふと気づくと前期高齢者。どうして年をとると、こんなに月日がたつのが早いのであろうか。

何かの記事を読んでいたら、

「経験値が高くなり、〝初めて〟ということがなくなるから」

と解説していた。

テレビのチコちゃんは、

「ときめきがなくなったから〜」

と教えてくれたが、これは同じことを言っているのではなかろうか。

チコちゃんといえば、このあいだはびっくりした。

「四月一日生まれは、どうして一つ上の学年になるの？」

という質問をチコちゃんがしていた。これは私にとって、最大の謎である。ずうっと昔から考えてきた。たぶん私ぐらい、この番組を熱心に見た人はいないに違いない。

「三月三十一日生まれまでを、前年の入学とすればいいのに」

チコちゃんは答えてくれた。

「二月二十九日が誕生日の人のため～」

人がいつ年をとるかというと、前日の真夜中十二時と決められているのだ。つまり四月一日生まれの子どもは、前日の三月三十一日の真夜中に六歳になったとみなされる。そして前年度の四月に小学校入学を義務づけられるのだ。

なぜなら生まれた当日に、ひとつ年齢を重ねるというきまりだと、二月二十九日生まれの人は、四年に一度しか年をとらない。しかし前日というきまりだと、二月二十八日に必ず年をとってすべて解決。

「なるほど、こういうことだったのか」

まるで私のためにあったような番組であった。長いこと人に聞いても、誰も答えてくれなかったのである。

番組には、

「四月一日生まれの有名人」

ということで、桑田真澄さんが出ていらした。四月一日といういちばんの早生まれだったため、体も小さくいろいろハンディがあったということだ。

私はまるでそんなことはなかった。体がとても大きかったからだ。背の高さは女子で二番めであったと記憶している。それどころか、生まれた日が遅いと同学年の子と比較して計算上知能指数がものすごくよくなる。これも早生まれのためである。

思い出すと母親との三者面談の時、

「知能指数がこんなにいいのに、どうしてこんなに成績が悪いのか」

と担任の先生に言われたことがあったっけ。

そんなことより、チコちゃん、本当にありがとう。初めて自分の小学校入学の謎が解けました。

謎といえば、実は私の生まれた日は四月一日ではないらしい。ないらしい、というのは、母が生きている頃、何の気なしに、

「マリちゃんは、本当は三月の末に生まれた」

と言ったことがあるからだ。昔は自宅で子どもを生んだから、ものすごく曖昧である。母子手帳を見たら、私の生まれたところは、祖母の家の二階であった。そこでオギャーと初めて泣いたのだ。三月のいったいいつだったのだろうか。三月三十日か、三十一日よとイトコたちは証言する。しかしこのままでは、占い大好きの私としてはとても困る。

「いったいいつ、私は生まれたの!?」

母親に詰め寄ったものの、

「そんな昔のこと、忘れてしまった」

と軽くいなされてしまった。

ところで話は変わるようであるが、私と仲のいい友人の誕生日は、三月十一日である。毎年小さなパーティーが開かれる。

あの日は、彼女の誕生日祝いということで、友人六人で歌舞伎を見に行った。歌舞伎座は建て替え中だったので、場所は新橋演舞場である。見ていたら劇場中揺れ始め、舞台装置が倒れてくる。

途中で役者さんが、ぐらぐら立ちながら、

「狂言これにて終了」

と宣言し、幕がおろされた。

当然夜のパーティーは中止となり、次の年からは別の日に行なわれるようになった。三月十一日に、お祝いのお酒を呑む気にはなれないというのがその理由だ。その誕生日パーティーが今年は三月十一日に行なわれることになり、久しぶりに顔を出した。とても楽しい会であったが、彼女は、

「三月十一日にパーティーをする」

後ろめたさをずっと持って、これからも生きていくのであろうか……。かわいそう。

さらに思い出せばうちの両親は同年同月日に生まれている。全く同じ。仲が悪かったけれど、なんとか添い遂げることが出来たのも、この誕生日のせいではないかと、この頃ふと考えるのである。

春うらら

今朝の「なつぞら」には泣いてしまった。

柴田家のお祖父さん役の草刈正雄さんが、なっちゃんを町に連れていって、アイスクリームを食べさせる。

「それはお前のしぼった牛乳でつくったんだ。だから堂々とそのアイスを食え」

と、働くことの意義について語るのである。やがて、それを聞くなっちゃんの目から大粒の涙がほろほろ……。

朝ドラには、素晴らしい人生訓を説く高齢者がしばしば登場する。ドラマの中の樹木希林さんといってもいい。

近いところでは「ひよっこ」のレストラン店主の宮本信子さん、ずっと昔だと「おしん」の大奥さまなんかがいた。こういう方たちがさりげなく、生きていく上で大切なことを若い主人公に語ってくれるわけだ。

「こういうセリフを考える脚本家ってすごいなあ」

と「なつぞら」の後、民放のワイドショーにチャンネルを変えたら、バスの中で七十三歳のお爺さんが子どもの席に割り込み、えらい騒ぎになっているようだ。例により動画に撮られ、ＳＮＳで拡散されている。

ため息をつく。いつのまにか尊敬される高齢者は、朝ドラの中だけになってしまった。後は暴言ジイさんばかりである。バアさんの方がずっとマシかも。私を含めて毎日楽しく生きているから、人のことはあんまり気にならない。

「楽しく生きる」ことの男女格差は、拡がるばかりと思うのは私だけであろうか。昨日も宝塚を観に行ってきたが、客席は九十九パーセント女性である。若い人ばかりではない。中高年もうっとりと舞台を見つめ、大きな拍手をおくる。

「忘却する」「共感する」ことを知っている中高年の女性たちはものすごく強いはずだ。

さて、話を元に戻すが、どうして尊敬される年寄りがいなくなったのであろうか。

それは戦争を知らないことが大きいと思う。

私がよく憶えていることがある。

それは半世紀近く前「藍より青く」の朝ドラが放映されていた時のこと、主人公の夫が戦死するシーンがあった。

すると近所のおばさんがうちの母にしみじみと言ったのだ。

「自分の時のことを思い出して、とても冷静では見られなかったねぇ……」

あの頃はそんな風に、戦争を体験している人がいくらでもいた。そして戦場から帰ってきた人は、特別の死生観を持っていたから、話すことに説得力があったと私は思い出すのである。

今はもうそんな人は誰もいない。子どもの頃のひもじい記憶がある八十代もだんだん少なくなり、今、高齢者の中でハバをきかせているのは、七十代ではなかろうか。バスの中で怒鳴りまくった男性も七十三歳。

うちの夫もそうだが、この年齢は団塊の世代となる。学生運動も経験し、理屈っぽいうえに命令されるのが大嫌い。自分の主張を曲げずに、世の中のすべてが気にくわないという年代だ。そしてまだ爺さんになることに慣れていない。

こういう爺さんが尊敬されるはずはないのである。

最近うちの夫は、ご近所のご隠居さんと仲よくなって時々ランチをする。その方は九十歳を越えているが、背筋はぴしっと伸び、実にかくしゃくとしている。東大を出て放送関係の仕事に就いていたので話題が豊富ということだ。夫と会う時は何かテーマを決め、それについて話してくださるとか。あまりの教養の深さと話の面白さに、頑固な夫も素直に感心し、このランチを楽しみにしているのだ。

時々この方と道端で会うので、

「夫がお世話になります。どうかいろいろ教えてやってください」

と頭を下げる私である。

ところで平成が終わろうとしている時、二人のスターがこの世を去った。内田裕也さんとショーケンこと萩原健一さんである。二人とも対談をさせていただいたくらいの仲であるが、実に魅力的な方々であった。アウトローというのとは違うが、ちょっと世の中からはみ出していて、そのはみ出し方というのが本当にカッコよかった。近くにいた方々はいろいろ迷惑をかけられたかもしれないが、遠くで見ている分には素敵と思う。

ミュージシャンであり、俳優でもあった二人はとてもよく似ている。どちらも最後は家族に恵まれ、本当によかった。

私の友人の中には、ショーケンゆかりの人たちが何人もいて、元恋人もいる。某男友だちは昔、ある女優さんとつき合っていた。かつてショーケンの奥さんだった女性だ。

友人がたまたまテレビ局でショーケンに会った時、彼はにっこり笑った後、ウインクをして小さく手を振ったそうである。

「彼女のことよろしく頼むよ」

と言っていたのだ。

「あのウインク、男でも惚れるよね。世の中にこんなにカッコいい男がいるのかと思ったよ」

と友人は証言する。

私はショーケンというと、いつもこのエピソードを思い出すのである。

今年は桜がことのほか美しく、長く咲いている。そして知っている人がどんどん逝ってしまった春でもある。

昨年お母さんを亡くし、ずっと泣いている女友だちに私は言った。

「私たちのすぐ横には、今いるこことそっくり同じ町があって、みんなそこに引越しただけなんだよ。みんなそこで楽しく暮らして、私たちが行くのを待っていてくれるよ。そう思うと、全然私は悲しくないよ」

いったいあと何回、桜を見られるだろうと思いながら、タクシーの中でいつもせわしなく私はスマホを動かしている。毎日たくさんのラインが届く。それに返信をしながらふと顔を上げると、車は赤坂を抜けるところ。豊川稲荷の桜の大木を通りすぎる。

惜しいなあと思いながら、今の返信の方が大切。まだ現世で忙しく働いている自分に、少し満足している私である。

仰げば尊し

最近卒業式で「仰げば尊し」をあまり歌わなくなったとか。

本当に残念だ。私はあの歌が大好きで、特にあの箇所「今こそ別れめ〜」というところになると涙が出てきそうになる。あのメロディをちらっと聞いただけで、学校の体育館の寒さや、先輩に渡した小さな花束が甦るのだ。

私が思うに、こういう文語体の名曲は、小学生が歌うよりも、男女の声がはっきり分かれる高校生の方がずっといい。大人になりかけた彼らの「仰げば尊し」は、透明感と同時に生きていく重みがある。どうにか復活させてほしいものだ。

昨年のこと、作曲家の三枝成彰さんから、

「小学校の愛唱歌をつくってほしい」

という依頼があった。

最近は少子化のために、学校の統合が多くなっている。そこも二つの小学校が一緒になるそうだ。といっても、小さな小学校が大きな方に吸収される、といった方が正しいかもしれない。大きい方は校舎も校名もそのまま。校歌も大正か昭和のはじめにつくったものをそのまま使用するようだ。

「だから親しみやすい愛唱歌を新しくつくる」

ということで、私は張り切って作詞をさせていただいた。

メロディが先に出来たのであるが、こういう学校の愛唱歌に三拍子は珍しいそうだ。三枝さん得意の美しく優しいメロディである。これに詞をつけたのであるが、我ながらとても愛らしい歌になった。

歌詞の中にどうしても「先生」を入れようと思ったのは「仰げば尊し」のことがあったからだ。それと最初に視察に行った時の、小さな方の小学校の、校長先生の言葉が耳に残っている。

「子どもたちが可愛くて可愛くてたまりません」

いいなぁ、こんな先生。子どもたちもきっと大好きに違いない。

だからこんな詞をつくった。

「ゆずの木の下でしりとりをしよう
好きな言葉をつづけて言ってみれば
○○○ワ（地名）
わたがし

しあわせ

せんせい」

先日、この開校式に三枝さんと行ってきた。三百人の小学生が歌ってくれたのであるが、「せんせい」というところでやや声を張り上げる。やっぱり泣きそうになった私。子どもたちが「せんせい」って声に出して言うのはなんていいんだろう。信頼と大好きという心に満ちている。

これが中学生ぐらいになると、これほど「ピュア」に先生とは発音出来ないだろう。森昌子さんが引退することになった。森昌子さんといえば、やはり「せんせい」であろう。あの歌の中で、先生は「淡い初恋」の対象であり、「慕い続けた」人となる。そういう先生もいるのだ。

今だったら大問題になるのかもしれないが、昔は教師が教え子と恋愛し、結婚するのは、そう珍しいことではなかった。美しい女生徒に在校中から目をつけていて、卒業を待って結婚する。私の世代より上ぐらいで、そういう人は何人かいた。

ここでまたあることを思い出した。私が教員免許を持っていたことを。そう、中学と高校の国語の免許だ。大学を卒業する時に、神奈川や山梨の採用試験を受けたが、もちろんどこも落ちた。あの頃は就職難で大変な倍率だったのである。

免許をとる時は、実家からちょっと離れた私立高校に教生として出かけた。教生というのは、教職課程の一環として、学校で教育実習させてもらう学生のことだ。私の他に社会や体育の教生もいて、みんなとすっかり仲よくなった。体育教師をめざす体育大学の男の子たちと、近くの湖でピクニックをしたりしたものだ。

が、それよりも私の心をとらえたのは、イケメンの高校生たち。私の担当したクラスには、バスケット部のコたちが何人かいて、みんな素敵なのである。他の教生と試合を応援しにいったりしたものだ。彼らの作文を見て直す時、赤字でちょっと思わせぶりなことを書いたこともあったっけ……。

私はまだ二十一歳で、彼らは十八歳であった。あちらがその気になってくれさえすれば、何かが始まってもおかしくはない。しかし彼らが騒いでいたのは、後にモデルになる美人の教生であった。

あの四週間は何だったんだろうか。先生でもなければアルバイトでもない。先輩でもない。教生という不思議な存在。初夏のひとときは、私に甘ずっぱい記憶を残したのは確かである。

意外と思われるかもしれないが、私は男性の担当教師に、

「ハヤシさんはきっといい先生になると思うよ」

と言われた。あのまま頑張って採用試験を受け続ければよかっただろうか。いや、や

はりダメであろう。いい加減な性格な私は、異様に言い間違いが多い。数字もたいてい間違っている。

だから桜田前五輪大臣のことが、とても他人とは思えないのである。あの方が額に汗をいっぱいかいて、狼狽しているさまは、見ていてつらい。野党の人たちが、桜田さんを標的にし始めて、ねちっこく質問をするのは、イジメそのものだった。私だってパソコンをしない。それが悪いか。池江璃花子さんについても最初はまっとうなお見舞いの言葉を口にしている。それを罠にかけるような質問をして、終わりの言葉だけを切り取っていたのだ。が、やはりあのメンタルの弱さは大臣には向いていなかった。そのうえ被災地にあんな失礼なことを言い、さすがの私ももう庇いきれない。私も教師をしていたら、生徒たちの失笑の的だったはず。聞くところによると教生も、やっかい扱いされる傾向にあるとか。「仰げば尊し」と同じように、衰退に向かっていくのかも。

東大女子って

若い人と話していて、全く話題が嚙み合わないことがある。

こちらは新聞記事を基にしていて、あちらはネットニュースを見ているからだ。だからいけない、というわけではないが、

「新聞というのは習慣だから、身につかなかったら仕方ない」

とつくづく思う私。

先日NHKのドキュメンタリーを見ていた。「貧困老人」の特集である。ふつうに働いてきた男性が、退職後は年金だけで生活している。

「病気もしたし、どんなに節約しても食べるのがやっとです」

と訴えているのであるが、そのダイニングテーブルの上に新聞が置かれていて、私は感動してしまった。この方にとって、新聞を読むというのは歯磨きと同じなのだ。どれほど貧しくなっても、日常からなくすことは出来ない。七十代は新聞がなくてはならない最後の世代であろう。

私はスポーツ紙を含めて三紙購読しているが、連載をさせてもらったりすると、もう一紙増えて四紙になる。朝は一時間かけて新聞を読んでいく。

何かを得ようとか、勉強しようとかいうわけではない。仕事をしたくないからだらだら読んでいるだけだ。といっても新聞というのはつくづくすごいなあと思う今日この頃。朝日の国際面では、スリランカのテロがなぜ起こったかを解説してくれ、そこの真下の記事はノートルダム大聖堂の再建が、どのようにされるかの図解入りだ。ちょうど今、私が知りたかったことだ。

その前日の夕刊にも素晴らしい記事が。太らせたマウスに、寄生虫を使いダイエットさせるというもの。寄生虫が何らかの物質を出して、肥満解消に役立つ腸内細菌を増やしているそうだ。安全性が確かめられれば実用化もありということに、私は思わずガッツポーズをとった。

日経新聞は、中身の経済記事がよく理解出来ないが、文化面が充実しているうえに「私の履歴書」が大好きな私。

が、この企画はわりとアタリハズレがある。東大を出て官僚となり、その後公的機関のトップとなった人の「私の履歴書」はあまり面白くない。エリートで大企業に入り、とんとん拍子に会長という人の自伝も、途中でダレてくる。自慢話になってくるのだ。

美人の奥さんがいて、

「家庭を顧みない自分に替わり、子どもたちをみな立派に育ててくれ、本当に感謝している」

と誉めたたえるのもお約束。離婚した人なんかほとんどいない。対してこの何年かでバッグンに面白かったのは、ニトリの会長さんであろうか。

「私の履歴書」に登場するような人の大部分は、やさしくも厳しい賢母がいて、お尻をひっぱたいて東大に進ませるようである。

毎年、東大の入学式がニュースになるが、当然のことながら新入生はみんな頭よさそう。両親と嬉しそうに写真撮影している。

「いったいどういうことをすれば、この場に立つことが出来るんだろうか……」

思わずつぶやく私。おそらくご両親のＤＮＡがとてもいいのであろう。

東大といえば、上野千鶴子先生のスピーチが大きな話題である。テレビや新聞でも大きくとりあげられた。

「ハヤシさんは、いったいどう感じた？」

みなが興味シンシンで聞いてくる。

そう、上野先生と私とはかつて「アグネス論争」というものを通して、多少は関係がある。しかしその後、なごやかに対談もさせていただき、私は先生のご著書も何冊も読んでいる。

入学式の時の先生は、帽子にガウンというまさしく「象牙の塔」の人。私なんかと知性と教養がまるで違うのだと思い知らされる。そもそも「同じ土俵」に立ったことなど一度もないのだから。

先生のスピーチはとても素晴らしく、

「恵まれた環境と恵まれた能力とを、恵まれないひとびとを貶《おとし》めるためにではなく、そういうひとびとを助けるために使ってください」

という箇所にぐっと来た。

しかし二点、やや気になるところが。

「息子は大学まで、娘は短大まで」

という風潮があるとおっしゃったが、今、短大というものは日本から姿を消しつつある。やや古いかなあ、という感じがしたが、これは揚げ足取りというものかもしれない。

それからもう一つ。

合コンで、

「キミ、どこの大学?」

と聞かれたら、東大の女子学生は東大と答えない。引かれるのがわかっているから。女子にとって「かわいい」ということに大きな価値がある日本においては、相手をおびやかさない存在にならなくてはならない。

「だから女子は、自分が成績がいいことや、東大生であることを隠そうとするのです」

とあるが、私はそれよりも、

「一周してねじまがったプライド」

の方が大きいような気がする。

昨今、かなり派手な東大卒の弁護士さんや官僚が増えた。ふつうにメイクして、ふつうにおしゃれをしていれば綺麗な人だと思うのに、ものすごく濃い化粧につけ睫毛、ブランド物のミニをお召しだ。

先日もワイン会に、友人が外資の超エリート女性をつれてきた。

「えー、本当に東大の法学部卒なの!?」

「信じられなーい」

と、我々一般人は驚きの声をあげる。すると彼女はこういうことにはいかにも慣れている風に、かったる気に反応する。

「よく言われるんですよねー」

人間は落差こそが魅力である。東大女子なのにステキ、と思われたい。しかしそう願う自分がイヤ。企みを見破られたくない……。いろいろ考えるともうめんどうくさい。だから大学名は口にしないことにする女子学生がいるのではないかと私は推測する。

何という贅沢な煩悶。だから私は東大女子に、これっぽっちも同情しないのである。一瞬引かれても、後は賞賛が待っているのだから。

来たぞ、ネパール

ネパールに旅することになったのは、いくつかの偶然が重なったからだ。

昨年の大河ドラマ「西郷《せご》どん」を見ていた方は、

「ああ、あの人」

とすぐに思いあたるであろう。西郷さんには従道という優秀な弟がいた。錦戸亮さんが演じていらしたあの人。明治になってから、元帥海軍大将をつとめ、侯爵となった大物である。

三年前、私のサイン会に美しい若い女性がいらして手紙をくれた。

「私は従道の玄孫《やしやご》で、女優をめざしています。いつか大河に出演するのが私の夢です」

そして彼女はオーディションを受け、ワンシーンだけ大河に出演したことは、もう既に何度か書いている。

この西郷真悠子さんは、出演後も毎日スタジオで見学を続け、いつのまにか番組のマスコットのような存在になった。脚本家の中園ミホさんや、スタッフにも可愛がってもらい本当によかった。

今年日大芸術学部演劇科を卒業したが、有名事務所に所属も決まり、私も中園さんもひと安心だ。

ところで真悠子さんのお父さま西郷氏は、某省にお勤めであったが、昨年大使としてネパールにご夫妻で赴任されることになった。

「とてもいいところですから、ぜひ遊びに来てくださいね」

と何度もおっしゃってくださったのであるが、ネパールはあまりにも遠い。ちょっと興味はあるけれどなあ……というのが正直なところだった。

ところが昨年の秋のこと、久しぶりに建築家の隈研吾さんと食事をしていた。その際、クマさんの口からネパールという言葉が。

「僕は西郷大使に会ったことあるんだ。だから一度行ってみたいんだけど」

「いいわねー」

同席していた中国人実業家のRさん夫婦もいう。

「私たちも行きたいわ。ネパール、ぜひ、ぜひ」

と話は盛り上がったのであるが、超多忙な世界的建築家。そんな時間はあるまいとタカをくっていた。

ところが今年になってから、クマさんからラインが。

「四月二十六日から空いてます。ネパール行きませんか」

十連休のはじめの頃で、私のスケジュールも何も入っていない。大急ぎで航空チケットを押さえ、真悠子さんに連絡した。彼女はその後、ネパールといろいろやりとりをしてくれ、日程表もつくってくれた。

忙しい中園さんもその日は空いていた。

「こんなことでもなきゃ、出不精でめんどうくさがり屋の私たちが、ネパール行くことはなかったよねー」

と二人で言い合う。

そしてクマさん、Rさん夫妻に、お嬢さん、

「私、ネパールはどうしても行きたかった」

という友人二人を加え、八人というグループになった。真悠子さんに頼んでバスをチャーターしてもらったのはいうまでもない。


さてネパールはどこかと地図で確認すると、インドの上の方にある。距離的にはそう遠くないが、直行便がないためにその時間のかかることといったらない（今年の夏から関空から直行便が出る）。

まず香港まで行き、その後乗り換えて五時間というフライト。しかしその乗り継ぎま

で四時間もある。キャセイパシフィック航空のラウンジで、タンタン麵を食べたりして過ごす。

この日初めて顔を合わせた人がほとんどで、みんなを把握しているのは私ということになる。よって「団長」と呼ばれることになった。

さて夜遅くカトマンズゥの空港に着いた私たちであるが、次の日朝早くから観光を開始した。時差は三時間十五分だという。

「この十五分というのは何ですか」

と大使館の方にお聞きしたが、そういうことになっているのだそうだ。まあ、時差はあまりないので、前夜もぐっすりと眠ることが出来た。

私たちのホテルはカトマンズゥでいちばんといわれるところ。昔の邸宅を使った古い建物であるが、部屋は広く水まわりも清潔である。料金は驚くほど安い。

なにしろネパールの平均月収は二万円と言われ、バングラデシュよりも低いのだ。

「この国には製造業がないんです」

と大使館の方は言う。

「山岳地帯で平地がないので、工場といった大きな建物が建てられません。そして日本と同じで地震がとにかく多いんです」

街のあちこちで崩れた建物が目につく。まだ四年前の大地震の傷跡がいたるところにある。日本の援助で復旧作業が続いている、と寺院の工事看板にあった。はっきり言って、とても貧しい国である。

そうかといって、殺伐とした空気がまるでないのは不思議である。物乞いがほとんどいないせいかもしれない。

交通事情はめちゃくちゃで、ものすごい数のオートバイに車が、全くルールを無視して好き放題走っている。道路の真中で、車とオートバイが向かい合っている。日本から贈られた信号機は、地面に落ちたままだ。

ぎっしり詰まった車の間から、人が平気で斜め横断をする。

「わー、わー、ぶっつかるー！」

そのつど悲鳴をあげていた私であるが、途中から前を見ないことにした。

人ばかりではない。牛も平気で道路を歩いている。そして痩せた犬がそこらへんにいて、だらけた格好で寝そべっている。時たま猿もキャッキャッと登場。

人と車と動物のこのカオスは何といったらいいのだろうか。ものすごい熱量で通りごと移動しているという感じである。

そしてやたら多いＡＴＭ。そう、この国は出稼ぎの家族からの仕送りで成り立っている部分がある。平均月収だけでは計れない何かがあるんだ。ネパール編次週も。

クマリさん

私がネパールを旅行すると言ったら、多くの人が言ったものだ。

「えー、トレッキングするんだ。そんなに山が好きだったんだ!?」

もちろん山登りなんかする気はさらさらない。ただカトマンズゥという街に行きたかったただけである。

とはいうものの、やはりエベレストは見たい。登らずに神々のいる山を見たい。こういう人のために、遊覧飛行がある。小型機で四十分ぐらいの旅であるが、料金は二万円もする。

しかしこの飛行、天候が悪かったり気流がよくないと、すぐに取りやめになるらしい。西郷大使夫人は二度飛行機に乗ったものの、離陸することなく二回とも降ろされたという。

ドキドキしながら飛行機に乗ったが、さすがに運のいい人ばかりのグループ、素晴らしい快晴のうえに気流もよかったらしい。

飛行機は山脈の上に、ものすごく近づいた。あまりの美しさに息を呑む。エベレストも見える。青い青いいただき。それなのに中園さんは、

「山の形がダース・ベイダーそっくり」

なんてつぶやいている。

ちなみに飛行機の座席は窓際だけ使用。そりゃそうだ。通路側に座らされたら苦情が殺到するに違いない。

「コックピットに入ってもいいのよ」

人懐っこいCAさんが順番に声をかけてくれる。CAさんも美人だが、パイロット二人もすごいイケメン。いろいろポーズをとってくれる。後ろ向きでイエーっと親指を立てた写真を日本に送ったところ、

「前を見てなくていいのかしら」

と元CAの友人が心配していた。

さてカトマンズゥに来たら、エベレストの他にも見なくてはいけないものがいくつもある。その一つがクマリさんだ。クマリさんというのはネパールの生き神さま。三、四歳の美しい少女を選び出し、特殊な化粧をほどこし、館の中に住まわせる。初潮を迎えるとお役ごめんとなるのだが、それまで召使いにかしずかれ、地面を踏むこともないそうだ。

家族ともひき離され、学校にもいけない。最近は「幼女虐待」とか「人権侵害」という声も出るようであるが、現地の人々にとっては、本当に信仰の対象のようだ。

「クマリさんを拝みに行きましょう」

ダルバール広場を見学した帰り、ネパール人のガイドさんが言った。館はすぐそこにある。観光客が数十人、庭に集まっていた。

「もうすぐお出ましになるけど、カメラは絶対にダメ。こうやってナマステと合掌してください」

と館の人から、しつこく英語で注意を受けた。

やがて窓が開き、濃い独特の化粧をした女の子が顔を出す。ものすごいインパクトである。思わず頭を垂れ合掌した。

クマリさんを拝した後、お昼は天ぷらソバをいただく。

なんとネパールの高原ではものすごくいいソバ粉がとれる。これを使ってソバをうと、何年か前、ネパールの男性が日本の戸隠に行って修業してきたそうだ。戸隠の師匠もチェックするため一年に一度はやってくるというからすごい。

セットをいただいたが、エビの天ぷらがつき、ネギとワサビ（チューブ）も添えられた本格的なもの。ソバ湯もちゃんとくれる。

そりゃあ、東京の一流店と比べたら気の毒であるが、ネパールということを忘れるほどのレベルであった。

このソバ職人の努力には頭が下がる。努力といえば、日本語学校の学生さんの頑張りも感動ものであった。

今回初めて知ったことであるが、ネパールの人たちは、驚くほど言語能力が高い。小学校から英語を習って、たいていの人はふつうに会話出来る。そのうえにもう一つ、日本語を習おうと、最近すごい日本語ブームだという。大学付属の語学学校に見学に行ったところ、上級コースはちょうど趣味の話をするという授業であった。

「私は相撲を見るのが好きです。幕内力士の技は素晴らしい」

などとテキストを読み上げ、次に幕内力士の説明となった。黒板にはヒエラルキーの三角形が描かれ、上から横綱、大関、関脇、小結、前頭とある。

「この前頭から上が幕内となります」

先生の言葉にせっせとメモする学生さんたち。しかしこんなことを知っている日本人がいったいどれくらいいるんだろう……。

確かにテキストは古いが、学生さんのひたむきさに、次第にみんなの目頭が熱くなってきた。最後に中国人実業家のR夫人がきっぱり言った。

「みなさんを、日本で私が引き受けましょう。うちの会社で雇ってあげます」

おお、とどよめきが起こる。実はみんな日本での就職先に苦慮していたのだ。R夫人はホテルのエステの女性もスカウトしていた。

「あなたぐらいマッサージのうまい人はいないわ。私が住居提供するから日本に来なさい。給料も日本人と同じだけ出します」

彼女が大喜びしたのはいうまでもない。先の大地震で家を失ない、友人のところで間借りしていたそうだ。

このR夫人のポジティブなところ、押しの強いところは信じられないぐらいで、いつも皆の中心になっている。

「ドラマの『ナオミとカナコ』に、すっごい面白い中国人のおばさんが出てきますよね。高畑淳子さんがやってた。ああいう人、本当にこの世にいるんですね……」

と友人も感心していた。

旅の最後はシアターレストラン。お客は私たちともうひと組だけ。ネパールのダンスが始まる。

「うまいんだかヘタなんだか、まるでわからないゆるい踊りです」

西郷大使はおっしゃった。やがてフィナーレが始まり、ダンサーが誘う。まっ先にステージに立ったのはR夫人、次に西郷大使。そして私たちもみんな踊り出した。勝手な振りで、ネパールいいとこ一度はおいで。こりゃこりゃこりゃ……。

そして気づいたら私は「ネパール親善大使」を引き受けていた。

実売数とサシメシ

銀座の書店・教文館に、私の新刊の垂れ幕がかけられた。

女性誌に二十年連載しているエッセイの最新刊である。晴れがましくて嬉しいことだ。

さっそく編集者からラインで写真が届いた。

「見てくれた？」

私はふざけてこう書く。

「実売部数書かないでくれてありがとうね」

すると彼もジョークがわかる人なので、

「隅に小さく書いといたよ」

とあった。実は「〇〇万部突破！」とあるが、これはシリーズの累計なのでかなり恥ずかしい。

今、幻冬舎の見城社長が、作家の実売部数をツイートしたというので、大変な騒ぎになっている。私も最初、

「ちょっと、これはないんじゃないのォ！」

と憤慨した。これでは作家はたまらない。ところが世間の反応を見ていると、ネットでは、

「実売部数を書くとなぜいけないのか」

という意見もかなりあり、ふーんとうなってしまった。これを、

「普段本も読まない門外漢が何を言うか。何も知らないくせに」

と言うのは簡単だ。が、素朴な疑問としてなぜ、と尋ねられたならば、やはりちゃんと答えなくてはならないだろう。

親しい女性編集者は、やはり友人から同じことを聞かれて、

「あなただって、スリーサイズ聞かれたらイヤでしょ」

と言ったという。私だったら、こうかな。

「もし芸能プロダクションの社長から、『こいつ本当に儲けてませんねん（なぜか大阪弁になる）。年に儲けた金がたった百万でっせ、百万。これじゃうちの取り分も全くありまへん。経費も出ませんねん』と言われたら、すごくイヤでしょ」

しかし、こう応える人はいるだろう。

「スリーサイズだって、公表する人はいるし、貧乏をウリにしている芸能人もいる。何十万突破ってベストセラーの時は言うけど、売れない時は黙ってるのはおかしい」

ふーむ……。

結局、本を利益追求の商品としてみるか、文化の一端としてみるかという違いではないかと思う。

四十年近くこの業界にいて、本当に有難いなあと思うのは、編集者というのが、売れている作家だけをちやほやする人種ではないということ。自分が好きだと思うと、たとえ二千部三千部しか売れない作家でもちゃんとつき合うし大切にする。二人でいい作品をつくろうとするのだ。そして、

「どうしてこの人の本が認められないのか」

と自分のことのように口惜しがるのが編集者。

この私とてベストセラーなんかなかなか出せないし、文庫の初版部数なんかかつての半分どころか三分の一である（あえて数字はいわない）。けれども連載の話は途切れずにあるし、編集者は昔と変わらずつき合ってくれる。

とはいうものの、出版界が未曾有の危機を迎えている昨今、どこも厳しいのは事実だ。

「私たちは文化を売っている」

という矜持がどこまで続くのか心配している。

最近、出版社にご馳走していただくのが本当に申しわけない。私の売り上げで、こん

な豪華なフレンチなんか食べていいのか、などと思ってしまうのだ。

そのくらい、どこの出版社も厳しい情況である。某経営者の方はこう言った。

「今はどこも歯を喰いしばって守り抜いているんだよ。横を向いてどっかがイチ抜けたら、自分もそうしようと身構えてるんだ」

これはどういうことかというと、世の中には純文学雑誌と呼ばれるものがある。「文學界」、「群像」、「すばる」、「新潮」といったものを各社が出している。エンタメ系の本だって売れないのだから、こういうものは当然売れない。実売三千ぐらいで、大変な赤字だという。どこも休刊したくてたまらないのであるが、もしこれらの雑誌がなくなったらどうなるか。

芥川賞というものがなくなってしまうのである。だからどこも必死で続けようとしているのだ。

本や雑誌というものは、長いことこの国の文化を構成してきた。が、もうそれにかなりガタがきているらしい。

本当にどうしたらいいんだろう。

私など本屋の娘なので、本を特別のものだと考えている節があるのであるが、もうそう考えること自体いけないのか。いやいや、そんなことはない。出版業界だけにある、ある種エレガントな空気、

「売れることだけがすべてではありません」

というものだけは、絶対になくしてほしくないと強く願う私である。

ところで昔は、いくら本を売ったり、賞をとらせた編集者でもその名声は業界内だけのものであった。

ところが最近は、「オレが、オレが」というアグレッシブな編集者が幅をきかせているらしい。

この頃テレビでもよく見かけるまだ若い男性編集者は、ホリエモンやSHOWROOM社長の前田裕二氏の本を何十万部も売ったという。そして自分で啓発本を書き、それもベストセラーになっている。オンラインサロンもつくって大盛況。

「今の世の中、ホリエモンとか、自己肯定感強い人ってみんなが憧れてるんだね」

と感心していたら、編集者がこんなメールを送ってきてくれた。くだんの編集者が発信しているもの。自分の本を大量に買ってくれた人のオリジナル特典だ。

「百冊で講演会。二百冊でサシメシ。三百冊で対談&noteに記事アップ」

サシメシというのは、ご飯を一緒に食べること。

「死ぬ気で本を売る」って、こういうことだったのか。本当に出版界は変わろうとしている。この特典をどうとるかで、

「実売部数公表して何が悪い」

という意見の是非につながるのだ。

おもてなし

表参道や渋谷で修学旅行生が目につく季節となった。

中学生ぐらいだろうか、数人で固まって不安そう。でも目はキラキラと好奇心で光っている。ズック靴にデイパック、素朴で可愛い子どもたち。お店に入る勇気がなくてうろうろしてるコもいる。

自分の子ども時代と重ねて、つい目をやる大人も多いはずだ。こういう子どもたちに、街頭でクレープの一枚もご馳走してあげたくなるのが人情ではないだろうか。私もつい声をかけたくなる。

「どこから来たの？　流行のスイーツ、食べたくない？」

しかし見ず知らずのおばさんが声をかけたら、それこそ通報されるか、逃げ出すはずだ。そこで私はぼんやりと「おもてなし隊」のアイデアを考える。身元が確かで、お茶をご馳走するぐらいのお金はある大人。こういう人たちに配付されるバッジはどうであろうか。インバウンドの方々にも適用すれば、オリンピックも近いことだし、とても喜ばれると思うのであるが……。

　ところで「おもてなし」といえば、トランプ大統領夫妻が来日して、日本政府はすごいおもてなしであった。到着してすぐにゴルフをして、それからお相撲見物、そして居酒屋で夕食。国家のトップというのは、よほどの体力がないと続かないものだなあ、とつくづく思う。ふつうの六十代、七十代なら、途中でぐったりして「この後は勘弁してください」と、タオルが投げられるはず。

　次の日はトランプ夫妻は皇居に二回も行った。新天皇皇后両陛下の外交デビューとなったわけであるが、まあ、両陛下のご立派だったこと、気品高かったことといったら……。たえず微笑みをたやさないのも、令和皇室流のおもてなしとお見受けした。そして全国民胸をなでおろしたのが、雅子さまの品位と貫禄に溢れたお姿であった。ちょっとふっくらされて、ますますお美しくなった。通訳を介さず、ハーバード仕込みの流ちょうな英語でお話しになったようで国民は鼻が高い。

　以前、ご病気があれこれ取り沙汰されていた頃、誰かが、

「皇后になれば、すべてが解決するはず」

　といったことを書いていて、私は、

「そんな楽天的な……」

　と思ったのであるが、皇后となられてからは本当にいきいきとされている。すべてに

余裕がある。よかった、よかった。

それにしてもと、私は海外に詳しい人に尋ねた。

「トランプ夫妻に、今さら品がどうのこうのなんて求めないけど、メラニア夫人の半袖ワンピースってどうなの？　皇后の横で脚組むのってどうなの？」

「あれは民族衣装だと思って」

と彼。

「アメリカ人の昼の正装でしょう。それから脚を組むのは、椅子の文化の人々がすることなので咎めてはダメ。チマチョゴリ着た人が片膝立てたとしても何も思わないでしょう。それと同じです。それにメラニア夫人、脚を組んだけど、これはマズいとすぐに気づいて直したし」

そんなことよりもさ、と彼。

「トランプ杯渡す時、トランプさん、メラニアさんの方をちらっと見たでしょ。『おーい、ハニー。面白そうだから、二人で渡そうよ』と彼が言い出したら、日本相撲協会いったいどう対処するつもりだったのかなぁ」

なるほど、それは大変なことになっていたかもしれない。

それにしても、大相撲を見ている間、トランプさんはぶすっとしていてまるで楽しそうではなかった。拍手ひとつしない。よその国の文化に、まるで敬意も興味も抱かない人なんだとつくづく思う。いい意味にとればとても正直な人。

だから晩餐会で、令和の元号について、

「マンヨーシュウの、ヤマノウエノオクラが〜」

とか言っていたけれど、読まされている感がありあり。スピーチライターが書いたものを、意味もわからないまま読んでいるのがわかった。

そしてトランプさんがお帰りになった後、あたりはほっとした空気につつまれたと思う。それは何も起こらず、無事に帰国していただき、よかった、よかった、という思いと、

「都内の道路がスムーズに走れるようになった」

という安堵であろう。

タクシーの運転手さんは、口々に規制がどんなに大変だったかと言ったものである。

まあ仕方ない、国をあげてのおもてなしだったのだろう。

まるでスケールが違うが、私も個人的に多くの人たちに、ささやかなおもてなしをしている。何かのお礼や、世話になった人たちをお食事に誘う。そういう時、出来るだけ話題の店にしようと思うのだが、予約をとるのが本当にむずかしい。よって何ヶ月も前から席を確保したうえで、誰を誘おうかなと考えるのである。

というのもわが家はホームパーティーというものを全くしないからだ。

先日リビングルームの片づけをしていたら、テーブルクロスやナプキンがいっぱい出てきた。独身時代、私が夢を持って香港で買い求めたものである。ブルーのオーガンジーに刺しゅうをした、それはそれは美しいテーブルクロスだ。パリで買ったアンティッククレースのクロスと共に、お客さまをもてなすために買ったものである。

が、この家に引越してから、人を招いたことは二十年で三回ぐらい。そのうち一回は新築祝いの集まりだ。夫が大のお客嫌いのうえに、うち中散らかり放題。とてもお客さまを呼べる状態でないからである。しかしもてなし上手の友人は言う。

「人がたまに来てくれるから、うちの中が綺麗になるんだよ。とにかく必死で片づけるもの。夫も手伝わなきゃ仕方ないから料理つくるし、皿洗いもやる。その後はしばらく夫婦円満。人をうちに呼ぶってさ、自分たちがビシッとするためでもあるんだよ」

そうかぁ、安倍さんもこういう気持ちでおもてなしに精出していらしたのではないか、と考える私である。

私はアナログ

私のうちは住宅地にあるので、タクシーをつかまえるのが大変だ。

朝はまず無理と考えた方がいい。十時を過ぎると、ぽろぽろ無線の電話がつながりはじめる。

だから「JapanTaxi」のアプリが出来た時はどんなに嬉しかったことか。テレビのCMでも盛んに宣伝している。呼べばすぐそこに来てくれると。

しかし、これでタクシーをキャッチするのは、無線で呼ぶよりもむずかしいことがわかった。私がスマホと格闘している間に、ハタケヤマがさっさと電話でタクシーを呼んでくれる。こちらの方がずっと早い。

ある時タクシーに乗っていたら、無線で、

「何々さま、キャンセルー」

という声が入った。

「お客さん、これ、JapanTaxiで呼んだ車ですよ。キャンセルしてるでしょう。

しかも二台」

私にはよくわからなかったが、

「アプリで呼んだお客さんって、平気でキャンセルします。そもそも道端で、どこの誰かわからない人に呼ばれるんですからね。だから私はＪａｐａｎＴａｘｉで呼ばれても行きません。無線じゃないととらないようにしています」

へえー、そんなものかと思いつつ納得する私。無線タクシーだと、どこの家、どこの会社かはっきりわかるわけであるから。

しかもＪａｐａｎＴａｘｉには、他のデメリットがあった。続けて二回、

「到着までに二十分」

という表示が出たのだ。

スマホのマップ上の車を見ると、ずっと遠くからうちに向かっている。キャンセルしようと思ったのだが、

「ＪａｐａｎＴａｘｉのお客は、すぐにキャンセルする」

というあの運転手さんの声を思い出したのと、操作がむずかしそうだったので、そのままにしておいた。おかげで約束に遅れてしまった。

世の中、そんなに便利になっているんだろうか。

本当に加速度的にシステムは変わっていくのであろうか。

私はそうは思わない。たとえばキャッシュレスのことであるが、今夜、私はお鮨屋さんでの勘定を現金で払った。カードを取り扱わない店だからだ。

鮨屋、フグ屋、和食屋といったところで、現金しかとり扱わない、というところは実に多い。私が時々行く焼肉屋さんもそうだ。そういうところに限って料金が高いから困る。そしてうちの近くのトンカツ屋、定食屋さんが絶対にカードは扱わないのは、単価が安いからだ。

「現金のみ」

というのは人気店の証である。カードを使わなくても、人はいっぱいやってくる。なんで手数料をとられてまで、と思うに違いない。

そもそも中国でキャッシュレスがあたり前になったのは、ニセ札が多いから、というのは常識となっている。管理社会に組み込まれたうえでのキャッシュレスだ。すべての国民の情報を、かの国はつかんでいるらしい。

交通ルールを守らない人間は、カメラによって、大きな画面に顔をさらされる。ぼかし処理されているが、氏名と身分証番号も。あれを見てぞっとした。おそらく人々は、預金額とどういう買物をしているかすべて記録されているのだ。

近所の本屋さんが消えて、いやいやながらもアマゾンを使うようになった。一度やると便利で次々と買う。

　すると、

「あなたにお薦めの本」

　といって何冊か出てくるが、これがまさにドンピシャリ。私好みの本ばかりなのである。こうなってくるとやな感じである。本の傾向という、いちばんデリケートな心の奥にあるものを、他人にあてられるというのは。

　フン、といって無視することにした。

　タクシーの中で見た番組で、ホリエモンが言っている。

「近いうちに乗り物はすべて無人になるんですよ」

　しかしつい先日、自動運転の電車は逆走した。すごい勢いで世の中は変わっているけれども、

「これだけは譲れない」

　と人間の本能が騒ぐようなものがあると思う。車の運転もその一つだ。ＡＩの発達によって、将来医者もいなくなるというけれど、私はとても本気に出来ない。〝親身〟になってくれないものに対して、誰が心や体の悩みをうち明けるだろうか。

　この頃私は、

「アナログで何が悪い」

と開き直っている。

ブログもやめたし、ネットもほとんど見ない。ネット住民とはよく言ったもので、あちらは別の星の人たちと思っている。私は紙の星の人。だからどうか、かかわらないでいただきたいと思っているのに、信じられないことが時々起こる。

昨日もそうだ。都内の講演会に行ったところ、担当の若い女性が迎えてくれた。私のファンだという。

「本、いっぱい読んでます。ツイッターも必ず見て、いいね、をしたり、コメントしたりしてます」

「ちょっと待ってください」

と私は言った。

「私はツイッターなんてしたこともないし、だいいちアカウント登録もしていません。誰かと間違えてるんじゃないの」

「いいえ、確かにハヤシさんです。これを見てください」

私の写真と、いかにも私の言いそうな、しかし私の口調よりもかなりエラそうな文章がずらずら並んでいる。

講演の後、彼女は言った。

「やはりニセモノでした。今から三十五分前に新しくツイートしてます」

私がステージに立っていた時間だ。私は彼女の腕をぐいとひき寄せた。

「私と写真撮りましょう。これ載っけていいから。私の口からツイッターなんてしたことないと言ってたと、あなたからツイートして」

こういうものを世の中の人は信じてるのかい？

愛してるから

　いつもおいしいものに誘ってくれる、京都の実業家S氏からメールが来た。

「静岡の天ぷら屋に行きませんか」

　その店のことはよく聞いている。高価な食材だけでなく、野菜が抜群だというのだ。何度か行った私の友人は、

「天ぷらの概念が変わった」

　とまでいう。

　この店には食通の友人から何度か声をかけてもらっていたのであるが、予定がどうしても合わなかった。

　しかし今回私はいいことを思いつく。

「京都へ行く前に静岡に寄ればいいんだ」

　その天ぷら屋さんに行くのは金曜日、私が京都の披露宴に呼ばれているのは土曜日、京都のホテルを予約している。だったらその前に、静岡に寄るのは造作もないことだ。

そんなわけで私は「究極の」と評される天ぷら屋さんへ出かけた。

ほくほくする新じゃがの天ぷらに舌つづみをうっていると、同席した京都のホテルのオーナーが尋ねた。

「ハヤシさん、今回はなんで京都へ行くの」

私は答えた。

「明日瀬戸内先生んちの結婚披露宴にお招きいただいているんです」

するとその方は、しんから驚いた声をあげた。

「えー、瀬戸内先生、結婚なさるんですかー!?」

私は答える。

「先生は九十七歳なんで、さすがに結婚はなさらないと思いますよ、秘書の方です」

しかし京都に出かけてしみじみと思う。

先生の若さと元気についてである。しゃきっと立ってスピーチをなさるし、お食事はメインのお肉料理もしっかり召し上がっていた。

先生がご自分の孫のように可愛がっている、秘書のまなほちゃんの選んだ人はものすごいイケメンで、美人のまなほちゃんと並ぶと、絵に描いたようなカップルである。

先生の目がうるんでいる。そしてスピーチ。

「もう私のことより、ご主人を第一に考えなさい」

先生が念願していたとおり、しっかり立っての祝辞である。

声はよくとおって、お肌はピチピチしている。瀬戸内先生が結婚するのではないかと思う人がいても不思議ではないと思うほどの若さであった。

その二日後、田辺聖子先生の訃報があった。

田辺先生との思い出も数知れない。本当に可愛らしい方であった。

「あのねー……」

と甘くやさしい声でお話しになる。

長いことこの週刊文春にエッセイを連載していらした。その人気は高く、みんなが先生のご主人、「カモカのおっちゃん」のことを知っていた。

私が田辺先生のご自宅にうかがったと言ったら、多くの人が、

「あのうちには、本当にカモカのおっちゃんいるの？」

と聞いたものだ。

ちゃんといらっしゃいました。眉が太いなかなかの男前で、田辺先生と本当に仲がよかった。三人でカラオケに行ったことを思い出す。二人で仲よくデュエット曲を歌っていらしたっけ。

全くなぁ……と私は思う。田辺先生まで逝かれるとは。女性作家の大御所でいらした。

今は女性作家というと、女性差別のそしりを受けかねない。しかし私がこの業界に入った頃は、

「女流文学者会」

というのが確かにあったのだ。

入った時、というよりも入れていただいた時、私はいちばんのぺーぺーであった。私のちょっと前まで、円地文子さんなんかがふつうにいらした大層な会だったのだ。

思えば有吉佐和子先生にも可愛がっていただいた。私と同じぐらいの年齢の作家だと、有吉先生と松本清張先生の実物に会ったことがないという人が多い。

「松本先生にはパーティーで一度会っただけなのに、その後図々しく小説の帯書いてもらっちゃった」

と私が言うと、みんないーなーと羨ましがる。七十代でもデビューが遅いと会えなかったのだ。

今日はいろんなところから頼まれている、田辺先生の追悼文を書く。

あれはいつのことであったろうか。いま調べたら、出版が一九八七年とあるから、もう三十年以上前のことになる。

女性編集者と一緒に、田辺先生のうちにうかがった時のことだ。先生が、

「ほら、出来ました」

と原稿を渡された。それはあの名作『花衣ぬぐやまつわる……　わが愛の杉田久女』の、原稿であった。

まあ、と編集者の彼女は言って目をうるませたのである。先生と二人、苦労してつくり上げたであろう評伝の最終回であった。

その夜、私たちは先生の家に泊めていただいたのであるが、彼女は机の上に原稿を置き、静かに合掌した。そしておもむろに読み始めたのである。

彼女の厳粛な様子を、今も時々思い出す。あんな風に私の原稿を読んでもらうことがあるだろうか。まずないだろうな……。

それにしても田辺先生にわが子のように可愛がられ、さまざまな国内外の出張に同行した編集者の名前は、訃報の際も出てくることはない。いちばん作家のことを知っているのは彼女らなのに……。

というようなことをメールで送ったら、こんな返事が。

「編集者は作家を心から愛して無名です。林さん愛してるよ」

愛してる、といわれてかなり照れてしまった。

本当に瀬戸内先生、いつまでもお元気でいらしてくださいね。先生がいなくなった時、この国の文壇とか出版界はまるで違ってしまうはず。私たちを愛してくれる編集者という人たちもいなくなるような気がする。

お父さんへ

何年か前、団塊世代の多くは、どうして子育てに失敗したのか、というのが論議になったことがある。

彼らの子どもから、たくさんの引き籠もりや不登校が出ているからだ。これについて識者の意見は、

「自分たちが大人数の同級生にもまれ、受験でものすごく苦労した。だから自分の子どもたちは、好きなように自由に生きていっていいと考えた結果」

というのである。

あの息子を手にかけた、元農林水産事務次官の姿に、胸をうたれなかった者はいるまい。うなだれることなく、泰然としてパトカーに乗り込む姿には、すべてを悟りきった静かさがあった。

他人を殺《あや》めるぐらいなら、いっそ自分の手で……。

という考えはとても日本的だ。

そうしたら、今回の警官襲撃事件である。お父さんは関西テレビの重役でエリートだとか。お父さんのコネで、地方の同じ系列局の関連会社に入ったのだが、それもうまくいかなかったようだ。

高学歴の高い地位のお父さんと不出来の息子。こうしたバカ息子は昔からいっぱいいたけれど、彼らはわりと明るかったような気がする。

私たちが大学を卒業する四十年以上前も、こうしたバカ息子伝説はいくつかあり、就活シーズンの際、

「○○君のお父さんは、△△会社の専務なんだって。それで博報堂を受けろって言ったんだけど、○○君は行くまでカステラつくってる会社だと思ってたんだって」

「××君は親のコネで、あの大企業の二次までこぎつけたけど、試験で漢字がまるで書けなかったらしい。だけど、自分の苗字の下にアンダーライン入れたらちゃんと入社出来たって」

などという本当かどうかわからない話をいっぱい聞いた。

マスコミに勤める友人は、お父さんが誰でも知っている俳優さん。

「二世がよくないって、さんざん叩かれるけど、僕みたいに小さい頃から贅沢知っていて、人脈すごい人間って、こういう業界には貴重でしょう」

とよく口にする。

しかしみんながこんなに屈託がないわけではない。偉大な父を持った男の子は、多くが劣等感と自己実現出来ない焦りの中で苦しむようだ。が、これまた大半の男の子は、その苦しみの中から立ち上がり、エリートへの道を歩むのではあるまいか。

しかしそれに何かの法則はない。誰だって、子どもを犯罪者にしたくて育てるわけではないはずだ。みんな立派な家庭で愛情深く子どもを育てているに違いない。

誰かが言っていた。子育ては、

「当たるも八卦、当たらぬも八卦」

こう考えるとぐっと気は楽になってくる。

最近世の中の人たちは、みんなこの境地に達しているのではあるまいか。

「子どもを四人東大医学部に入れた」とかいうお母さんが本を出しても、

「すごいですねー」

と一応感心はするが、それ以上の関心は持たないのがほとんどではないか。その替わり何をするか。ペットを飼う。

最近うちの近くのペットショップから、犬や猫がまるっきり消えた。ガラスケースに入っているのはヌイグルミばかり。

「〝生体販売禁止〟っていうことですか」

と尋ねたら、

「売れて売れて、仕入れたくてもブリーダーさんのところにないんです。全国的にそうなんです」

というのだから驚いてしまう。

最近友人のおっさんたちのラインネームが「ＭＯＭＯＫＯ」とか「ミーナ」なので、誰のことかわからない。みんな愛犬の名前なのだ。

ワンコやネコちゃんは、もはや中高年の必須アイテム。子育てが終わった世代、多くの反省と悔いの中で生きている者たちにとって、ワンコのつぶらな瞳はどれほど救いになっていることか。自分を信じ、自分の意のままに動こうとしているペットは、永遠の幼児。可愛くっていとおしくてたまらないわけだ。

団塊の世代や、そのすぐ下の世代にとって、学歴というものは、やや否定的な方向へといったと思う。

「大学のブランドより、本当に自分たちが学びたい学校へうんぬん」

というキレイごとがまかり通っていたわずかな時代、ここにきての突然の学歴至上主義はどうしたことであろうか。

どこのチャンネルにまわしても、「東大」の文字が躍る。東大生や京大生は、クイズやバラエティ番組にひっぱりだこ。芸能人というのは、もともと学歴に関係ない人たちだと思うのであるが、「慶応卒」「早稲田卒」という学歴をひっさげて登場する。

「人のおめでたい話の時に、あれこれ言ったり書いたりするのは品性が疑われます」

私は結婚の時に、ワルグチを言った人のことを一生忘れない。三十年前でも――あのテレビ司会者とか……。いけない、なんかイヤなことを思い出してしまった。

が、イヤなことと言えば、夏休み前に本当に不愉快なことがあった。

それは「表現の不自由展」が中止に追い込まれたことである。

私は最近の韓国情勢に不快感を持つ一人だ。世界のいたるところで少女像が置かれるたびに、

「やれ、やれ……」

と呟かずにはいられない。

どうして韓国の人は、こうねちっこく日本を嫌うのか、日本企業のマークを踏みつぶして何が楽しいのか、喧嘩のふっかけ方にしてもルールや礼儀というものがあるだろうと考える。

だから今回、少女像を近くで見られるのはいいアイデアだと思った。出来ることなら私もちゃんと間近で見たい。かの国の人の、私たちに対する嫌悪の象徴というものを、この目で確かめてみたい。そしていろいろと考えてみたい。

それなのに中止とは……。

河村名古屋市長の無節操といったらない。少女像のことは、最初から企画書でわかっ

ていたはずだ。いつもペラペラとわざとらしい名古屋弁をお使いになるが、それもご自分の表現なわけでしょう、だったら表現ということにもっと理解を示さなくては……。

なんだかさらに気分が悪くなってきたぞ。何か明るい話題を……。


そう、そう、秋元康さんに頼まれて、つい先日、福島県の「ふたば未来学園」の夏期講習に講師として行ってきた。

私も初めて知ったのであるが、この学校は福島の緊急時避難準備区域だった、双葉郡広野町に建設された中高一貫スーパー実験校。

「震災でつらい思いをした子どもたちから、人材が育ってほしい」

という思いから二〇一五年につくられ、たくさんの有名人が応援団になっている。秋元さんもその一人で、彼のプロデュースで毎年何人かが講師でやってくるというわけだ。

今回は私の他に、SHOWROOMの前田裕二社長、音楽家の小室哲哉さんなど。かのカリスマアイドル平手友梨奈さんもいらした。控え室でもイメージどおり、信じられないほどの可愛らしさ、顔の小ささ。何も喋らない。何も食べない。

「何か口に入れなきゃ倒れちゃうよ」

と秋元さんに言われ、三口ほどお弁当を召し上がった。

しかし被災地の子どもたちのために何かしたい、という思いは熱くずっと持っていて、今回彼女は百人の子どもたちとダンスを踊ることになっている。三時間近く、みっちり練習をつけてくれるのは、かの有名な振り付け師のTAKAHIROさんである。体育館で皆、一生懸命だ。

それにしても、広野町は遠いところであった。朝からの授業に出るためには、前の日に一泊しなくてはならない。

私は前日の夕方、上野駅からいわきに向かった。二時間かかって夜の八時に到着。夜の街は暗く、予約してもらったビジネスホテルが全くわからない。地図を見て諦めて、最後はタクシーに乗った。

が、翌朝聞いたら、小室さんはもっと駅前のビジネスホテルに泊まり、ファミレスで夕食をとったそうだ。小室さんみたいなスターが現れたら、いわきの人たちはどんなに驚いたであろう。

そしていわきからさらに車で一時間近くかけて、広野町の学校に到着。

素晴らしい建物でびっくりだ。木をたっぷりつかったあたたかみのある校舎が、タテヨコに伸びている。生徒が運営するカフェもある。

実験室やパソコンルームも充実しているが、それより自慢は、教師陣の素晴らしさ。偏差値もぐんぐん上がって、大学の進学率もいいそうだ。

さらにすごいのは、女子バドミントンが全国一位。演劇部は全国四位という。演劇部は平田オリザさんが顧問で、近くに住む柳美里さんも指導に加わっているという贅沢さ。校歌の作詞は谷川俊太郎さんで、制服はとても可愛い。

講習会には、この未来学園だけでなく、近くの学校の生徒たちも参加出来る。私はひとクラス受け持ち、

「ラブレターの書き方」

というのを指導。みんな熱心に話を聞き、いろんな手紙を書いてくれたが、いちばん嬉しそうだったのは、途中で私が、

「平手さんの出来上がったダンス見に行こう」

と言った時かな。

そう、そう、この素敵な学校は、あの進次郎さんの肝煎りでつくられたものとか。地道にちゃんといろんなことをやられてる。被災犬をレスキューして愛犬としているクリステルさんには、よくわかっていたんだろう。いい話である。

ギネスがあって

このエッセイが世界でいちばん長く続いているウイークリイマガジンの連載エッセイとして、ギネスに申請されることとなった。

これもすべて皆さんのおかげである。本当にありがとうございました。

文藝春秋の応接間で、歴代の編集者に囲まれ、特製のケーキをいただいた。みんな口々に言うのは、

「ハヤシさんの原稿が遅くて苦労した」

ということだ。

もちろん毎回ではない。書くネタがなくて、もがき苦しむうち、時間がどんどん過ぎていくのである。本当に書けない時もあったっけ。

ファックスがなかった頃は、みなさんうちに来てくださったから、申しわけないことがいっぱいだ。仕方ないからとにかく一緒に飲みに出かけて、バーのカウンターで書いたこともある。流行作家の真似をしているようで、今考えると本当に恥ずかしい。さぞ

かし迷惑をかけたことだろう。

迷惑といえば、二十年前の編集者、A子さんが、このたび再び私のめんどうをみてくれることとなった。

A子さんは当時独身だったので、一緒にロサンゼルスやニューヨークに遊びに行ったこともある。あの時は楽しかったなあ。その後、彼女は結婚して、今では三人のお母さんである。そのうち二人のお子さんは、小学校四年生と一年生だそうだ。

「あなたが遅い時はどうしているの」

「カップヌードルを食べてます」

これを聞いて、原稿を早く書かない作家がいるであろうか。A子さんの前任者は、独身の男性であった。夜の十一時頃会社に電話をすると、

「まだ帰ってきません」

どうやら会食が終わってから、また戻ってきて、私の原稿を読むようだ。これなら遅くなってもそう良心が咎めることはないのであるが、お子さんがいる女性だとそうはいかない。

そんなわけでこの原稿は、〆切り日の早い時間に送るようにしている（こころがけている）。

先週はインタビューがあり、原稿を書かなかったので本当にラクチンであった。その

間、いろんなことがあった。人生初プロレスを体験したのである。

が、まず後楽園ホールというところがわからない。東京ドームには何度か行ったことがあるが、まわりの建物が判別出来ないのだ。地下鉄の駅を降りたら、いかにもそれらしい方々が歩いていたのでついていった。

いただいたチケットは、リングサイドの前から二番めという素晴らしい席。一緒に行った人は大喜びだ。

「いつもテレビだけだけど、こんな近くで見られるなんて」

マスターズということもあって、前後はなごやかな雰囲気。流血もなく、磨き上げた肉体が宙に舞うのは壮観であった。ところで私がプロレスに初めて行くと言ったら、

「ファンの一体感がたまらないよ」

と教えてくれた人がいたが、本当にそのとおりであった。皆で声を合わせて応援する。スター選手が登場すると、わあおーっというどよめきが起こる。

「プロレスファンっていいよね！　また来ようね」

と友人と話しながら階段を降りていったら、そこは落書きだらけ。「〇〇は八百長だ！」というワルグチがいっぱいだ。まるでネットの書き込みのようだ。あれにはがっかりしたなあ。

そして昨日は久しぶりのプロ野球観戦へ。秋風が吹き始めたたそがれの球場で、ビー

ルを飲むのは最高の気分である。

何年かぶりにチケットを買ったが、一塁側で三千八百円と安くてびっくりだ。この外苑あたりの店に入って、テーブルチャージをとられるより、球場に入った方がずっといいかも。食べるものもいっぱいある。私の大好きなシューマイ弁当を食べながら、ビールをぐいぐい。肝心の野球は、相手がたがホームランを続けてとばし、ちょっとイヤな気分。ラインチェックしよーっと。

その時、夫からの伝言を見た。

「マリーの容態が急に悪くなり連絡がきた。これから心臓マッサージ。病院へ行く」

四回に入ったところであるが、あわただしく球場を出た。

先週のインタビューでも、

「最近マリーちゃんの話題がないけれど」

という質問があったが、十歳になったマリーは、重い遺伝性の失明に加え、肝臓がとても悪く、病院にずっと通っていた。最近はかなり痴呆が入るようになり、昼間はほとんど眠っていて、夜は時々徘徊をする。それまで毎晩一緒に寝ていた夫が、「たまらん」と、この半月は夜一人にさせていたのが悪かったかも。

おとといの朝、七時に起きた私はキャッと叫び声をあげた。床の上でマリーがひきつけを起こし、もがき苦しんでいるのだ。抱き上げるとぐったりとして、まるで力がない。大急ぎで、近くのペットクリニックに運んだ。

そして昨日の夕方、夫と一緒に様子を見に行ったところ、お医者さんも少しずつよくなっているとのことでひと安心。それが四時間後の急変である。

夜の八時、クリニックに到着すると、夫がマリーを膝に泣いていた。今しがた息をひきとったという。私もさっき買ったばかりのヤクルトの応援タオルが涙でぐしょぐしょになった。

帰りは夫の提案で、公園の横を車で走った。毎日散歩に連れてきていた公園に、もう何年来ていないだろう。目が見えなくなってから、うちの狭い中庭をちょろちょろ歩くぐらいだった。春の日、少女だった娘と一緒にぴょんぴょんはねまわっていた仔犬の頃を思い出しました涙。

考えてみると、このエッセイも長い分、登場人物の入れ替わりが激しいことに気づく。二十年ぶりにまた私のもとに戻ってきてくれた編集者A子さん、これも何かの暗示だろうか。「この年でこんな配置はパワハラ」と彼女は言うが。

お金の行方

最近あまりお金をおろさなくなった。

ちょっと前までは、週に三回ぐらいATMへ行ったものであるが、このところはすっかり遠ざかっている。

これは私が急に倹約家になったせいではない。Suica電子マネーで、タクシー代を払うようになったからだ。

「まだタクシーを現金で払うなんて信じられない」

と夫が設定してくれたのだ。新しもの好きで理系の夫は、こういうものを真先に取り入れる。私が誕生日祝いにいただいたアップルウォッチも夫のものになり、スマホと連動させていろんなことをしているらしい。しているらしい、というのは、いくら説明してもらってもわからないからだ。

「どうしてスケジュールを手帳に書いたりするんだ。秘書のパソコンからスマホに移せばいいだけじゃないか」

私たちがひっそりとやっていることが、不思議でたまらないらしい。

「キミは世の中からこんなに遅れてるのがわからないのか」

とガミガミ言われ、まずはＳｕｉｃａを使うようになったのである。

これは確かに便利、今までタクシーに乗るために、いつも千円札を用意していたが、その必要がなくなったのだ。さっとかざすだけでいい。

しかしなあ、運転手さんとのやりとりが、こんなにドライになっていいものかという疑問は残る。今まではお釣りはほとんど受け取らないようにしていた。三百円、四百円のことであるが、運転手さんはとても喜んでくれたものである。

二千百三十円、などという時は二千円に五百円玉をつけた。だから五百円玉をいつも財布の中に集めていた。が、もうそういう気遣いをいっさいしなくなったのは、自分でも淋しい。運転手さんも淋しいかも。

夫はさらに言う。

「店でどうして現金で払うんだ。カードにすればいいじゃないか」

つい先日のこと、夫と一緒にチェーンのレストランに入った。ワインも飲み、二人で一万三千円ちょっと。このくらいの金額だと、キャッシュで払うのが私の習慣である。二万円を若い女性に渡したところ、トレイを持ってきた。が、その上にはレシートしかない。

「お釣りがないんですけど」

「あっ」

彼女は目を見張る。思いもかけないことが起こったという表情。

「すいません、忘れてました」

すぐに持ってきてくれたのであるが、夫はほら、見たことかと威張る。

「今どき現金で払う客なんかいないから、店員さんだって混乱するんだ。現金なんてお店の人にとっては迷惑なんだよ」

本当にそうであろうか。

先月の大雨が降った日、友人たちとお芝居帰りに、小さな馴染みの店に行った。そこはご夫婦で経営している小さな店である。私たちのために、閉店時間を遅らせて、おいしいものをつくってくれたのだ。お客は私たちだけだった。

こういう時、カードで払う発想が私にはない。ちょうどお金を持ち合わせていたので、五万数千円をキャッシュで払った。

そうしたら、奥さんがしみじみと言ったのである。

「ありがとうございます、本当に助かります……」

小商いの家に育った私は、こういう気持ちがすごくよくわかる。公務員のうちに生まれた夫とはまるで違うのだ。

ホテルやチェーン店ではカードを使うけれど、つくり手の顔が見えるような小さな店では、これからも絶対に現金で払うつもり。

そう、私は世の中に大きな声で問いたい。

「キャッシュレスって、本当にいいのですか?」


よく年寄りは〇〇ペイを使え、という声を聞く。スーパーのレジで、おたおたされるのがイヤだというのだ。

が、私はスーパーのレジで、出来るだけ効率よく払うことを考えている。

たとえば三千五十九円と出た時に、きっちり払おうとすると、財布をがさがさしなくてはならない。こういう時、頭の中ですばやく考え、五千円札と六十円を出す。するとお釣りは二千円と一円玉が一個となる。

ささやかな頭の体操と考えていたのであるが、この頃の行きつけのスーパーは、現金支払いがセルフとなった。最初の頃、お札が入らず焦ったら、

「お客さん、横向きにしてください」

と注意をされた。そして今度は別のスーパーに行ったら、そこは縦に向けてお札を入れるんだと。もう、こういう機械こそ統一してほしいものだ。

さて、この原稿を書いている最中も、千葉の停電が続いていて、私はとても胸を痛め

ている。九月だというのに、信じられない暑さだ。クーラーなしで過ごすのは、どんなにつらいだろう。冷蔵庫も使えないし、コンビニは休業だというではないか。

森田健作知事は、いったい何しているんだ。これはもう大地震と同じくらいの災害だろうと、テレビに向かって怒鳴っていたら、お年寄りで熱中症により亡くなる方が出始めているというニュースが入ってきた。

本当に何とかならないものであろうか。

もう国や地方自治体の助けを待っていたら、命も危なくなってくる。

「こうなったら、電気の通じている近くのビジネスホテル行くしかないよね。お風呂にも入れて冷房が効いてるところ」

しかし夫は違う。

「そういうのは金持ってる人間の発想だ」

とイヤな顔をされた。

「ふつうの人には、そんな考えないよ」

「だけど命にかかわることだよ。それに一ヶ月ホテルに住むわけじゃない。電気が通じるまでの二日か三日、一泊七千円か八千円のとこに行く」

あのあたりは健康ランドだってあるはず。お年寄りをバスで運ぶことも出来るはず。お金ってこういう時に使うもんでしょと、私は夫とケンカをしたのである。

A君ガンバレ

千葉が大変なことになっている。

先週、

「熱中症で具合悪くなる前に、ビジネスホテルか健康ランドに、二、三泊避難したら」と書いたが、あの時はこれほど復旧が遅くなるとは思ってもみなかった。

三週間近くも電気が通らないというのは、どれほどつらいことであろうか。クーラーも使えない、お風呂にも入れない。テレビで見ると、被災地の方々は疲れきっていた。が、東電の現場の人たちが頑張っていないわけではない。ニュースの特集で、山の中の電線に、倒木の枝がからみついているのが映っていた。それを一本一本チェーンソーで切っているのだ。ふだんは送配電の仕事をしているので、こういう木の切断には慣れていない。とても時間がかかるそうだ。

しかし、こういうことの技能集団が、日本にはたくさんいるはずだと、歯ぎしりしたいような気分になってくる。地図で見ると千葉は近い。一日も早くどうにかならないものかとやきもきしている。この号が出る頃には、復旧がかなり進んでいますように。

ところで話は変わるが、私は大切なことを忘れていた。一ヶ月前のことであろうか、週刊文春の最後のページ、読者からの投稿欄に「がんばれA君！」というお便りをいただいたのだ。

これはどういうことかというと、私が参加している3・11塾の塾生、A君についてである。何度かお話ししていると思うが、この3・11塾というのは、東日本大震災で親御さんをなくしたお子さんをサポートするための団体、基本的な援助は国がやっているが、私たちは東京のおじさん、おばさんになろうというもの。個人的にきめこまかく、いろんなお節介をやく。

A君は仙台に住む十六歳の高校生。震災でお父さんを亡くした。交流イベントの時に、彼と話をしていたら、

「将来は調理師になりたい。お鮨の職人さんに憧れている」

と夢を語ってくれた。

私たちとの交流会で東京に来た時も、帰りは必ずかっぱ橋に行き調理器具を買っていくんだそうだ。

その話を、たまたま行った銀座の超人気鮨店の親方に話したところ、

「それならばうちの店で、夏休みにアルバイトをすればいい。寮もあるし」

ということになった。

私がそのことをこのページに書いたために、読者の方は心配し、「がんばれ」と投書してくださったのだ。だったら、ことの経過を話さなくては。

それはもう二ヶ月前のことになる。上京した彼を銀座のお店に連れていったものの、心配で心配でたまらない。十日後ラインしたところ、慣れない仕事と東京の猛暑に体をやられ、

「三回も病院に行きました」

とのこと。私は親方にラインした。

「ご迷惑をおかけしているなら、本人を親元に帰しますから」

すると返事が来た。

「預かったからには、こちらでちゃんと責任を持ちますので安心してください。それにとてもよく働くいい子ですよ」

A君の話によると、最初どうしても朝起きられなかった。そうしたら親方にこんこんと説教されたそうだ。

「今、これを乗り切れなかったら、絶対に調理師にはなれないぞ」

そして奮起して彼は頑張った。一ヶ月後迎えに行ったら、A君は見違えるようにたくましくなっていたではないか。挨拶の仕方、エレベーターの乗り方、まるで違う。まず

扉を押さえ、私たちを通してくれる。その動作がとてもスムーズだ。

先輩のお兄さんたちに「また来いよ」と送り出され、とても嬉しそう。親方に冬休みもバイトするように言われたそうだ。

昼食は近くのレストランで肉をご馳走した。魚ばっかりの毎日だと思ったらとんでもない。

「牛肉とか、お客さんからの差し入れがすごいんです。お菓子や果物は食べきれないぐらい」

一流店だとそうらしい。お客さんにも「東北から来たコ」と紹介され、とても可愛がってもらったそうだ。A君は一ヶ月の体験を興奮して喋る。

「僕は親方みたいに立派なやさしい人を知りません。将来は親方みたいなすごい職人になろうと心を決めたんです」

お盆休みで一回うちに帰った時、

「お母さんと何か食べなさい」

とお小遣いをくれたそうだ。それで地元のお鮨屋さんに行ったら、自分が働いている店とのあまりの差に唖然としたという。

「そりゃそうだと思うけど、地方のお鮨屋さんと、銀座の一流どこを比べちゃ気の毒だよ」

「味やネタよりも、いちばんの違いはフロアのサービスです。親方のところは、サービスが徹底してるんですよ」

なんだか話がプロっぽい。そして東京駅に行くために立ち上がった時、彼はこう言ったのである。

「あの、僕の生まれて初めてのバイト代で、お父さんにいいお線香を買っていってあげたいんですけど」

私は言った。

「すぐそこに鳩居堂っていう有名なお店があるよ。そこの二階に、一緒に行きましょう」

そこで彼は、お父さんとお祖母ちゃんのために、かなりいいお線香を買った。それからお母さんと妹にも何か欲しいと言う。大丸に連れていったところ、一階でタオルハンカチを買った。大切にラッピングしてもらう。私たちは東京駅改札口で手をふる。

「よく頑張ったね。お線香、きっとお父さん喜ぶよ」

私は泣いた。もう一人の理事の女性も泣いた。そして彼女は、

「今日、日テレの24時間テレビだけど、演出過多のアレなんかより、A君の方がずっとずっと感動的だわ」

そんなわけで投稿してくださった方、どうか安心してください。A君十六歳の夏、立派にやりとげました。

手のひら返し

「ちょっとした不思議」というのは、世の中にいくつかある。

人に言うほどのことではないが（書いているが）、小さなイライラ、「あれっ」という気持ち。これっていったい何なんだろうか。

「豚コレラ」のことを、どうして「ブタコレラ」と言わず、「トンコレラ」と言うんだろう。とても深刻な話なのに、つい豚《トン》カツを連想してしまう。

ＮＨＫのアナウンサーが、

「トンコレラの被害が……」

と伝えるたびに、かすかな滑稽味《こっけいみ》を感じるのは私だけであろうか。

ところで夏の間にすっかりタクシー癖がついてしまった。倹約のためにも、体のためにも、電車に乗ろうと思うのに、駅に行く途中でタクシーに遭遇すると、つい手をあげてしまう。

その際、車内に流れるＣＭを見ることになるのであるが、タクシーで流れるＣＭというのは、どうしてちょっとヘンなんだろうか。

タクシーに乗る客、というターゲットに絞っているため、自然に男性サラリーマンを想定することになる。おばさんだって、しょっちゅう乗っているはずなのだが……。

それはそうとして、そのビジネスマン向けのCMに抵抗があるのだ。

小峠さんがオフィス内で高跳びに成功し、

「課長昇進！」

と告げられるのがある。

「適当な人事評価解決のために、このシステムがあります」

ということらしい。

この頃なくなっているが、もう一つのバージョンでは、営業成績のグラフを見ている小峠さんに向かって、上司がニコニコしながら、

「えーとね、キミ、クビ」

というのがあった。こんなことは現実にはあり得ないだろうが、上司を演じている人が意地悪そうで見ていて不愉快になってくる。

それから「入退室管理システム」を導入すれば、こんなに変わる、ということで、女子社員が突然変身するCMもイヤ。制服を脱ぎ捨て、アマゾネスみたいな格好になるのだ。

これもちょっとなあ……。

しかしスマホにも飽きた私は、じーっと見続けることになる。

最近私がちょっと気に入っているのは、

「ミヤケさんがいない」

というやつ。これは外出の情報を、社内で共有するシステムのCM。

「ミヤケさんと約束があります」

という来客がある。が、ミヤケさんはどこかに行っている。女子社員はシャーロック・ホームズの格好となり社内を探しまわる。しかしミヤケさんは見つからない。

もう時間切れで、女子社員は客に謝る。そこにミヤケさん登場。ハゲで肥満しているミヤケさんは、いかにもトロそうな感じ。昼食らしいコンビニの袋を手にし、パックの牛乳だかジュースをちゅうちゅう吸っているのもおかしい。ついふふ、と笑ってしまう。

このミヤケさんに会うのが、私のささやかな楽しみ。

そこへいくと○○さんはイヤだったなあ。ひとときタクシーでは、「イモトのW・iFi〜〜」というメロディがよく流れていた。

タレントのイモトさんが、海外でものすごいイケメンたちに囲まれるという設定。そこまではいいとして、最後に、

「社長の名前は○○さ〜ん」

となり、社長が果物の山の中から顔を出す。こういう出たがり屋の社長ほど、企業の尊厳を損うものはないと思うのであるが。いかにも新興の会社という感じだ。

トヨタの社長が、CMの中でその見解を述べるのとはまるで違う。

その昔、ピップエレキバンの会長が出演されていたCMがあった。あれは名作として広告史上に残っている。

「ピップエレキバン、ピップエレキバン」

と連呼する高齢の会長が、

「もう一回いい？」

と尋ねると、相手のタレントさんが「ダメ！」と叱り、見ている方は笑ってしまう。つまり会長の自己顕示欲を、誰かが制止することにより、共感を得て、好感度がアップするのだ。

「だけどこのイモトのCMはちょっとなあ」

と思っていたら、なんとタクシーCMだけでなく、テレビにも流れるようになった。よほど短期間で儲かったに違いない。

オーディション番組という設定で、審査員席の真中に座っているのは、あの〇〇社長である。

果物の山から出てきたり、ボクサーの格好をしていた時より、スーツを着てずっと好感が持てる。

しかし加藤一二三さんに、ヘタな歌を歌わせ、これだけ笑い者にするのはどうよーと、私はまたむかっとしてくるのである。

と同時に、これだけ真剣に見るというのは、相手の策にはまったなとも思う。

さて、いよいよラグビーのワールドカップが始まった。

開会式もその後の試合も夢中で見ている私。あの夫でさえ、

「こんなに面白かったのか」

とテレビに夢中だ。

このあいだはNHKの特番を二人で熱心に見た。特殊カメラシステムによって、ラグビー選手がどのような動きをするかというのを、科学的に説明する番組だ。

これを見ていると、ラグビーは本当に頭がよくなければ出来ないとわかってくる。小柄のお相撲さんくらいの体格で体をぶっつけ合ったかと思うと、陸上のアスリートなみの速さで走る。信じられないほどの能力をすべてかね備えているのだ。

「なんてすごいんだ！」

今やレジェンドとなった、ワセダの「アニマル藤原」こと、高校のクラスメイト、フジワラ君が、イングランド戦に連れていってくれることになっている。

このあいだまで国内の試合の誘いをいつも断わっていたのに、この手のひら返し！

ちょっと恥ずかしいかも。

顎の話

ワインがいっぱい出るパーティーに誘われた。一人で行くのもナンだなあと思っていたところ、そのホテルと某出版社がとても近いことに気づいた。

「主催者はマスコミの人大歓迎っていうから、あなたも行かない？」

担当編集者を誘ったところ、呑んべえの彼女は大喜び。中で待ち合わせをしていたのであるが、前の用事が長びいてすっかり遅くなってしまった。そう広くない会場で見つけると、彼女はもうすっかり出来上がっている。何種類ものワインをもう何杯も飲んだそうだ。

有名人もちらほらと見える。彼女はあきらかに興奮していた。

「ハヤシさん、ナマのAさんを見ましたけど、めちゃくちゃ顔直しててびっくりですよ」

かなり酔っているらしく、声がとても大きい。

「Aさんって、一応文化人ってカテゴリーなのに、あんなに顔をいじくっていいもんですかね。あ、あの人もすごい。ほら、典型的な整形顔ですよ。ほら、ほら」

「しっ、あの人はえらい人の奥さんだから、指さしちゃダメ」

などというやりとりがあった後、飲み足りない私は、彼女を六本木のワインバーに誘い、さらに安い赤を一本開けた。

彼女はとてもマジメな女性なので、さっきの整形問題をさらに追求する。

「ハヤシさん、私、前から不思議でたまらないんですが、どうしてあんなに整形だとはっきりわかるようなことするんですかね。Aさんなんかもともと綺麗な人なのに」

「私なんかハナから諦めているから、今さら自分の顔を直そうなんて思わないけど、彼女みたいな美人で有名だった人は、年とっていくのがイヤなんじゃないの」

「そうですかねえ。私、最近気づいたんですが、整形してる人はみんな歩き方がヘンになります。ひょこひょこ歩くんです。何かと関係しているような気がします」

むずかしいことを言い出した。

「ハヤシさんみたいにしてない人は、体幹がしっかりどっしりしています」

「それが誉め言葉かどうかわからないけど、芸能人とかテレビに出る仕事の人は、顔を直してもいいんじゃないの。年とったら糸でリフティングしても、手術してつり上げても、それはもう仕事上やむを得ない、って感じだなあ。それよりも私が、最近の研究テーマにしているのは顎だよ」

「顎ですか」

テレビや映画に出てる女優さんやタレントさんの横顔が、最近みんな美しい。鼻と顎がつんと出ている。本来日本人なら、あんなプロフィールにはならないはずだ。

「私が思うに、鼻を高くするついでに、バランスをとるために顎も出していると思うんだ。顎って、ヒアルロン酸で簡単につくれるらしいよ」

が、本来日本の美人は、丸い顎が特徴であった。鏑木清方《かぶらききよかた》や伊東深水《しんすい》とかの美人画はみんな丸っこい。みんながみんな、外国人みたいにきゅっととがった顎にする必要もないと思うのであるが。という私も、今から三十年前に歯の矯正をした。その頃は大人になって、歯を直す人などいなかったから、とても話題になったものだ。

「意識を高めた」

ということで、歯科医師会からも表彰されたほどである。

今でこそ「美人は骨格」というのは常識だ。つまり、

「美人なんて皮一枚の差じゃんか」

というのは間違っている。恵まれた方たちというのは、生まれた時からすごくいいガイコツらしい。鼻の骨も顎もきちんと整っているんだ。

しかし私のガイコツはあんまりいい形をしていなくて、口が前方に突き出ていた。これがイヤでイヤで仕方なかった私は、歯を七本抜き、ブリッジとヘッドギアで、後ろへ

後ろへと押し込めたのである。お医者さんは二年といったけれど、四年かかった。今では珍しくないけれど、歯をしっかりとブリッジで固定した私は、人からギョッとされたものだ。当時はちゃんと笑ったこともない。

「今さら何も、そんなことをしなくても」

と、多くの人に言われた、しかし文字どおり歯を喰いしばって頑張った私。まあ、頑張ってもこんなもんですが……。

ところがテレビのドキュメンタリー番組を見ていたら、最近はそんなまだるっこしいことをしない。歯並びや口元が気になるコは、いきなり骨を削る。または歯を細く削り、上からセラミックをかぶせたりする。

これってどうなんだろうか。私は医学的なことはわからないが、四年間かけてゆっくりゆっくり動かしていた歯を、一日で変えてみせる。

人間の嚙み合わせって、もっとデリケートなものではなかろうか。

「だからね、がんがん骨削った若いコたちって、将来大変だと思うんだよねー。そこへいくとさ、おばさんたちのリフティング手術なんて、どうってことないと思うんだけどねー」

「そうですかね。ハヤシさん、作家の○○さんも、この頃顔をいじったって評判ですよ。物を書く人がどうして、あんなことするんですかねー。それにね自分じゃいいつもりかもしれないけど、すっごく不自然なんですよー。笑うと、こう目がキツネみたいにつり上がります」

彼女の噂話を聞きながら、私は自分がどうして整形と離婚をしないか、よおくわかった。もし自分がいじっていたら、こんなに楽しく会話が出来ない。

「へえー、あの人、ついにやったんだ」

とあいづちもうてない。まあ、小心なセコい人間なのである。

本当にキレイになりたければ、堂々とやればいい。それが何か、と居直ればいいんだ。と言いながら、今日もテレビや街で、あきらかにやってる、キュッとした顎についい目がいく私だ。顎やっている人って、たいてい化粧が厚いですね。

生き方を

日本中がラグビー、ラグビーと熱にうかされているような今日この頃、私はフジワラ君に誘われて、イングランド・アルゼンチン戦を観戦に出かけた。

「ナマで見たい」

という私の願いに応えるため、プラチナチケットを譲ってくれたのである。

「フジワラ君、悪いじゃんけ」

ついラインでも甲州弁が出る。彼と私とは山梨の高校のクラスメイトなのである。

そうするうち、突然彼から、

「生き方を相談したい」

というラインが。どうしたんだい。あんなに楽しそうに生きているヒトが……と心配していたら、

「行き方を相談したい」

ということと判明。電車を使うとものすごい混雑となるので、車で行こうということ

らしい。

そんなわけで彼の車で調布へと向かう。

東京スタジアムは超満員であった。秋風が気持ちいい。試合前は、私の自慢タイム。二十人ぐらいにスタジアムの写真を送る。

「これからイングランド・アルゼンチン戦が始まるよ」

フジワラ君の解説入りである。ルールどころか、今、選手が何を考えているかまで詳しく教えてくれる。

やがてすぐにイングランドのペナルティキック。フジワラ君は言う。

「昔、僕が英国ハリクインズで試合をしていた頃、ペナルティキックの時は、観客はしーんと静まり返る。鳥の声がチチとするだけだ」

そのくらいマナーにうるさかったということらしい。今はイングランドのユニフォームを着たファンが、ビールを飲みながらしきりに声をあげている。

「だけどラグビーファンってすごいんだよ。こんだけたくさんの人が来ていても、サッカーみたいな騒ぎは起こらない。フーリガンは存在しないんだ」

そして彼の予想どおり、イングランドの大勝であった。

私たちはまた車に乗り込む。

「これから予約した調布の鮨屋に行くよ」

そう、七時半から日本・サモア戦が始まるのだ。フジワラ君は必死で、テレビが置いてあり、数人で座れて、しかもワインの持ち込みが出来るところを探したらしい。

調布の商店街の中の、小さなお鮨屋さんに到着。私たちは小上がりにどやどやと座った。そこで運転を代わるフジワラ君の奥さん、息子さん、別の席で観戦していた彼の友人夫婦が加わる。

まずはビールで乾杯した後、フジワラ君持ち込みのワインを開ける。彼は大変なワインマニアでもあるのだ。

しばらくしてカウンターも、どやどやと人が座る。みんなスタジアムから流れてきた人たちだ。中に様子がいい若者四人がいて、酔った私は彼らに話しかけたくてむずむずしてきた。

テレビの中継が始まる。

「ガンバレー！」

と彼らと微笑み合う。何でも某大学のラグビー部だと。

「だったら、この人、知ってるでしょ！」

私はフジワラ君を指さすが、彼らはきょとんとしている。

「元ワセダのラガーマン、アニマル藤原だよ。当時最年少で、日本代表に選ばれた伝説のあの人じゃん」

とまどっている。

そうか、残念。

するとフジワラ君が、

「みんな、この人知ってる？」

と私を指さした。もちろん知っているはずはない。

「すみません、すぐググります」

「いいよ、いいよ、若い人が知っているはずないよ」

やがて中年の男性も二人やってきて、みんなキックオフの瞬間を見つめる。

「頑張れ日本！」

「ベスト8はいけるよ」

そこに白人のカップルが入ってきた。どうやら入る店がなかったらしい。満席ですとおかみさんが断ると、地べたでいいからと頼んでいる。

「入れてあげてよ、仲間なんだからさ」

フジワラ君がいいことを言う。

「僕たち詰めるからさ、そこへ座ったらいいよ。立ちっぱなしだと疲れるよ。それから、おかみさん、この人たちに生ビールを。僕のおごりでね」

元商社マンらしく、なかなかうまい英語だ。二人はアメリカ人であった。奥さんはなんとラグビー選手だという。

キックオフされ、お鮨屋さんはいつしかスポーツパブの様相になってきた。

日本が得点するたびに、みんなハイタッチ。

「やったー！」

「日本最高！」

あのアメリカ人の大男なんか、いつのまにかフジワラ君の膝の上にのっているではないか。

ワインをがんがん飲み、おつまみ、お鮨を夢中で食べる。

こんな楽しい夜は久しぶりであった。みんな大興奮で、日本が勝ったとたん、アメリカ人はハグしまくる。

フジワラ君はしみじみと言った。

「ああ、あと四十年遅く生まれてきたかったなあ。オレたちラガーマンはみんなそう思ってるよ。あの頃はワールドカップなんかなかったもん」

私は半世紀近く前、ニュージーランドへ遠征に出かけるフジワラ君を、故郷の駅で見送ったことを思い出した。十人ぐらいで、

「お前たち、校歌を歌え」

と担任の先生が言い、私たちは恥ずかしかったが、こぶしをふり上げ、旧制中学時代

からの校歌を歌った。

あの時があるからフジワラ君は、今ここにいるじゃん。ワールドカップに出られなくても、立派な家族と友だちがいる。

「生き方を相談したい」

しなくたって大丈夫。

変わってる

　ダメモトで頼んでいた、ラグビー「日本対スコットランド」のチケットが、急きょ二枚手に入った。

　大喜びで出かけようとする私に、いつものように夫が冷や水を浴びせる。

「台風で人が亡くなっているのに、よくもいけるな」

　実は私もそのことで気がとがめていたのであるが、友人からのラインで救われた。

「それはふるさと納税や寄付で支援しましょう。どうぞ試合を楽しんできて」

　それに言いわけするようであるが、試合は台風の次の日、被害がこれほど大きなものだと、まだよく分からなかった。

「そもそもキミは、ラグビーファンでも何でもなかったじゃないか。それがこの一ヶ月、ラグビーラグビーって、目の色を変えて。にわかファンのくせに、貴重なチケットを手に入れようっていう根性が本当にイヤだよ」

「私はにわかファンではありません」

そう、今日一緒に行くことになっているフジワラ君も証言している。

「ハヤシは高校の時から観てたじゃんか」

今から半世紀前、私とフジワラ君の通っていた高校は、男子が八割のとても荒っぽいところ。クラスマッチはあの時代、ラグビーであった。なんと先生たちもチームを組んで参戦するのであるが、当然のことながら生徒にボコボコにされる。

「オレたちワルかったからさ、体育の教師なんか絶対に狙わない。美術とか音楽の先生のところに突進するんだよなー」

と彼は楽しそうに思い出話を語ったものだ。

「それににわかファンが悪いっていうなら、今、日本中がみんなにわかファンじゃん」

日本が勝つたびライブ・ビューイングで、若い女性がわんわん泣いている。

「長年の夢が、やっとかないました」

ちょっとあなた、いったい幾つなの、と言いたくなるが、みながこんなにひとつのことに熱狂し、感動する光景はとてもいいものではないか。

それににわかといっても、ラグビーファンはとてもお行儀がいいし。

さて今回も待ち合わせをして、フジワラ君の車で新横浜に向かう。

彼はもともと、オイっこと行こうとチケットを二枚持っていたのであるが、今回はこのあいだの観戦のお礼に、私が一枚渡した。なので彼は自分の分を、大学でラグビーをしていた息子さんに譲り、オイっこの分は奥さんに。

「オイは昨日の台風で、来られなくなったんだ」

「えー、山梨ってそんなに雨降ったの？　イトコはたいしたことなかったって言ってたけど」

　呑気なことを言う私は、ＪＲも道路も不通になり、山梨が陸の孤島になっていたことをまだ知らなかった。

　そして試合は、まず台風の犠牲となった方々に対しての黙禱で始められた。あたりを見わたすと、前の列に空席がいくつかあった。台風で来られなくなったらしい。どれほど口惜しいことだろう。

　フジワラ君は、今日のスコットランド戦は、五分五分と見ている。

「彼らはパスまわしがうまいし、力で押してくる。だけどこれだけの応援があるからな。ラグビーの選手にとって、声援って大きいからな」

　その日、横浜国際総合競技場は、赤と白のユニフォームで埋めつくされたといってもいい。後で調べたら台風の次の日にもかかわらず、六万八千人近くの入場者。日本代表戦史上最多だったようだ。これで日本が勝てばベスト8が決まるのである。

　七時四十八分、キックオフ。競技場で見るとよくわかるが、ボールが相手側に渡るやいなや、一瞬で男たちは陣を張る。とてつもない大男たちがつくる鉄の壁。これを突破してトライをするなんて奇跡のようなことだと思う。

「そうだよ。トライは本当にむずかしいよ。ペナルティゴールで点を稼いでいくしかないかもな」

と言っていたフジワラ君である。が、突然、絶妙なパスで松島幸太朗が抜けた。走る、ジャンプする！　トライ！　この時、競技場は歓声で大きく揺れた。

次々とトライが決まり、そして前半戦は21対7で休憩に入る。

「これなら勝てるよね！」

「わかんないなあ」

とプロの見方はそう楽観的ではない。

「スコットランドって、持久力すごいよ。しぶといよー。力を温存していて、後半戦に持っていくつもりだよ」

すると後半十五分に、スコットランドがトライを決め、28対21とぐんぐん追い上げられていくではないか。

後半も中盤になって、スコットランドが押しこんで、ああ、もうダメ！　と思った瞬間もあったが、これは日本がふんばり、観客はほっと胸をなでおろした。

フジワラ君の言うとおり、スコットランドはしぶとい。じわじわと力でゴールに近づいてくる。そして何度もスクラムが組み直される。またスクラム。じっと動かない力比べが続く。

あと二十秒。私の息はとまったままだ。心臓がドクドク音をたてている。やがて競技場全体で、怒濤のカウントダウン。

「5・4・3・2・1！」

私たちは立ち上がり、知らない人ともハイタッチ。わー、やった、やった！

フジワラ君はハンカチを目にあてて泣いている。

「素晴らしい試合だったよ、胸のすくようなトライを次々と決めて。本当に素晴らしいよ……こんな日が来るなんて思わなかったよ」

帰りは、歩いて新横浜駅近くの居酒屋へ。別の場所で見ていた奥さんと息子さん、彼の仲間が十数人集まってきた。皆でビールで乾杯。ラグビーの〝公式飲料〟はビールなんだ。みんなでがぶがぶ飲む。

夜中にうちに帰ったら、夫は不機嫌そうにテレビを見ていた。

「ラグビーすごかったよね」

全く見なかったそうだ。本当に変わってる。

即位の礼、行ってきました

十月二十二日、激しい雨の中、外務省に向かった。なぜ外務省に行くかというと、そこからバスで皇居に向かうのである。私のまわりでも、即位の礼のお招きを受けた人は何人かいるが、聞いてみるとみんな集まる場所が違う。財界の方は財務省、知事さんは全国都市会館、学者さんは文部科学省などであった。

私のようにどこにも所属していない文化人、芸能人といった人たちは、各省庁にふりわけられる。一緒にバスに乗ってきてください、ということらしい。遠くからお見かけした杉良太郎さんは農林水産省のプラカードの下にいらした。コシノジュンコさんは文科省であった。

私が外務省に集合となったのも、無作為であったと思う。

当日は、朝から美容師さんや着つけの人がうちに来てくれて、新調の色留袖を着た。一世一代のおめかしをした私であるが、雨はますます激しくなるばかりだ。しかも外務省がある霞ヶ関や国会のあたりは、交通規制が敷かれているのである。一般車は入れないらしい。

私はもう諦めて地下鉄で行くことにした。しかし夫がいつになくやさしく、

「パレードが取りやめになったから、十時までは通れるみたいだ。行けるところまで行ってみよう」

と車を出してくれた。

案外スムーズに車は走り、十時前には外務省に到着。控え室に向かうと、私の前を背の高い男性が歩いている。ふり向いてお互い、おお、と声をあげる。以前から親しくさせていただいている齋木元外務次官ではないか。外務省開闢《かいびゃく》以来の美男外交官と言われていた方だ。モーニングコートがよく似合っていて、ほれぼれとするほどのカッコよさ。二人で記念写真をパシパシ撮った。

そのうち次々と、元アメリカ大使や、元英国大使が入っていらした。胸に勲章をつけている方も多い。私は緊張して固まってしまったのであるが、みなさん社交に長《た》けた方々である。見ず知らずのおばさん（私のこと）にも、やさしく話しかけてくださった。

さらに、

「今日は長くかかるよ」

と齋木さんは飴玉を一個くれたのである。

そして四十人ほどがバスに乗り込み、皇居に向けて出発。門のところには儀仗兵が立

っている。やはり即位の礼というのは特別なのだ。だがバス七、八台がいっぺんに到着したので、中に入るのにとても時間がかかる。

外務省の席は、儀式が行なわれる松の間の向かい側の石橋《しやっきょう》の間であった。お隣りの広い部屋は海外の賓客、政治家の方々だ。

といっても、松の間は中庭をはさんでかなり遠くにあるため、どんなＶＩＰもモニターを見ることになる。

そのモニターで、待っている間、天皇陛下の歩みが放映された。ご誕生からご幼少の頃の映像が流れると、いっせいにほーっと声が漏れる。年配の人が多いので、懐かしさで胸がいっぱいになったのであろう。

これが二回繰り返され、やがて式典が始まる。広い御殿に二千人がいたのであるが、深い静寂につつまれた。沓《くつ》の音と衣ずれが、モニターをとおしてはっきりと聞こえる。まずは皇族の方々が、衣冠束帯、十二単という平安の装束そのままで歩まれた。そして帳《とばり》が降りたままの高御座《たかみくら》の前にお立ちになった。

皇族の方というのは、なんとすごいのだろうと感嘆せずにはいられない。秋篠宮殿下と紀子妃殿下は微動だになさらないのである。二人の内親王さまも、最近はお茶目な面が報道されるが、同じ姿勢でお立ちになったままだ。おすべらかしや十二単は、どれほど重いことであろうか。それなのにぴくりとも動かれないのである。

しかも予定の一時になっても、式典は始まらない。人々の間にはざわめきこそ起こらないものの、首をかしげたり、時計を見る人もいた。何かあったのではないかと不安になったのだ。

後ろに立っている山東昭子さんの目が一瞬泳いだ。が、秋篠宮両殿下は本当に動かれない。まばたきもされない。

紀子妃殿下のお美しいこと。源氏物語の本を書いた私にとっては、女君がそのまま現れたような感じだ。

やがて帳が開けられ、陛下とやや緊張気味の皇后さまのお姿が見えた。即位を宣言される陛下はご立派で凜々しく、さっきモニターで「ナルちゃん」を見ていた私たちは感慨無量である。

やがてお二人は松の間をお出になる。真中へんに座っている私にも、廊下を歩まれるお姿が遠くに見える。

「肉眼で見ているんだ」

感動した。

緊張がとけた皇后さまも気高く美しく、退出されていく。衣ずれの音がはっきり聞こえる。モニターと肉眼でかわるがわる見る。この日のことは一生忘れないであろう。

ところで入るのも時間がかかったが、帰りも一時間半ぐらいかかる。その間、まわりの方々とお喋りをしたが、皆さんの注目の的は、「文化勲章の方々」というグループの中にいる、中西進先生である。いわずとしれた国文学の大家でいらっしゃるが、

「あの方が、〝令和〟を考案した中西先生だよ」

「九十歳なのにしゃんとしてらっしゃる」

と皆ひそひそ。

実は私、中西先生には面識をいただいているのである。先生は関西の女子大学が主催する「田辺聖子文学館ジュニア文学賞」の審査委員長で、私は中学生の部のエッセイと小説の審査を担当している。今年の春も、表彰式でおめにかかったばかり。私たちのブロックのお隣りにいらしたので、ご挨拶にうかがったら、

「久しぶりだね」

と握手してくださった。

「二人仲よさそうに話してたから、写真撮ってあげたかったけど、皇居は写真禁止だから」

と隣りの席の元アメリカ大使が、残念そうにおっしゃった。そのうち作業服姿の人たちが庭で片づけを始めた。しかしバスはまだ来ない。

綱渡り

先日、タクシーに流れる「イモトのＷｉＦｉ」について書いたところ、

「私もあのＣＭ嫌い」

という声が多く寄せられた。

やはり社長が前面に出過ぎるのと、ひふみんを笑い者にしているのが不快だというのだ。

最近私が好きで好きでたまらないのが、「チャットコマウス」のＣＭ。

加藤浩次さん扮する社長が売り上げに悩んでいると、着ぐるみのネズミがやってくる。

そしてものすごく可愛い声で、

「おもてなししながら、あなたの会社の商品お売りしマウ……」

と言って抱きつくと、そのとたん、

「なれなれしいな！」

と邪険にふりほどかれる。それどころか、脚をもってぐるぐるまわされるという暴力

にあうのだ。

「お前みたいな、こびたキャラがオレはいちばん嫌いなんだ」

と投げられる。ひどい。

「憎いか？」

と問われると、傷ついたネズミちゃんは、

「いいえ、投げられることもあなたへのおもてなしのひとつですから……」

となんともいじらしい。

結局この会社が何をしているかわからないのであるが、おかしくておかしくて笑ってしまう。

「お前みたいな、こびたキャラがオレはいちばん嫌いなんだ」

という言葉に深く深く共感してしまうのだ。

世の中は、可愛いもので溢れている。犬や猫の画像に、インスタ映えするタピオカにパフェ。

「カワイイ！」

という表現にすべて総括される多くのものたち。その中には人間ももちろん含まれて、多くのタレントさんたちが、この称賛をもらうために頑張っている。

が、この可愛さがある時過剰になって溢れ出すと、それはウザい、という表現に変わるのだ。あざとい、といわれる時も。

芸能人はみんなこの危うい綱渡りをしているのだ。

田中みな実さんという元ＴＢＳのアナウンサーがいる。彼女はあまりにも可愛くセクシーだったため、綱から落ちそうになった。多くの女性から「あざとい女」と嫌われたのである。

けれども彼女は臆することなく、自分の魅力をアピールし続けた。するとその姿勢が次第に好ましいものとなっていく。何といっても、本当に綺麗で素敵。いくら嫉妬深い女性たちでも脱帽せざるを得なくなり、今では女性の憧れナンバー１とも言われるようになり、写真集はバカ売れ。

あのチャットコマウスのように、脚をつかんでぐるぐるされたけれど、ちゃんと自分の脚で立ち直ったのだ。


ところで全然話は変わるが、菊池桃子さんの結婚が話題をよんでいる。お相手は経産省の局長で、みんなびっくりだ。しかも六十歳で初婚だという。

進次郎さんとクリステルさんの結婚の時もそうであったが、おめでたい話の時に、ワルグチを言ったり、書いたりするのはとても下品なことである。であるからして、私はまずおめでとうと言いたい。

インタビューされたところを見たが、この局長さん、とても感じがよかった。頭がよさそうなのはもちろん、受け答えが率直で好感がもてる。

こういうことは別にして、私が知っている審議会には、よく元女子アナや元キャスターの方がメンバーにいらっしゃいます。いわゆる知的な美人の代表の方々だ。こういう方が一人入ると、他のメンバーの方はもちろん、世話役の官僚の方々も嬉しそう。中には若い頃憧れた、好みの方もいるだろう。しかしみなさん奥さんがいるので、ただ指をくわえているだけ。

ごくまれに、有名人女性メンバーとスキャンダルを起こす方もいたっけ。それは今から二十数年前のことである。世の中に『失楽園』という小説が出て大ベストセラーになった。あの小説は、多くの男性の心に、もやもやした桃色の霧をつくったのではなかろうか。

著者の渡辺淳一先生から、直にこんな話を聞いた。

「今、財界のトップになっている人というのは可哀想なんだ。若い時から勉強ばかりしていて、そんなに恋愛もしていない。せいぜい、奥さんの他に二、三人ぐらいだろう。そういう人たちが、僕に真顔で言うんだよ。先生、死ぬまでに『失楽園』の主人公のような恋をしてみたいって……」

そんな時、某大企業のトップが、ある若い有名人女性のパシリとなっていると聞いた。

自分で車を運転して、毎晩彼女の仕事が終わるのをじっと待っている、という噂が立ったのだ。どこまでの関係だったのかわからない。しかしこれを私たちは「失楽園シンドローム」と呼んだ。

女性にしてみても、堅い仕事をしている男性が大好き、という人は結構いる。官僚好きの女性も私のまわりに何人かいて、実は私も誘われて独身の頃は、いろんな省の方と合コンをしたこともある。もちろん、うまくいくはずもなく、菊池さんのようなことは起こらなかった。

そして、独身同士合コンをしている分にはよかったが、私の友人の一人は、やはり審議会で知り合った妻子ある官僚と不倫に陥り、さんざんすったもんだがあったっけなあ……。

彼女は私に言ったものだ。

「捨てるものがたくさんある男の人ほど燃えるのよ」

しかしそんなことも遠い昔の話。バブルの前、官僚がキラキラした、真のエリートだった時代のこと。

今は東大を出ても官庁に行く人が少なくなっている。これは大問題であると識者は警鐘を鳴らしている。

だが今度の結婚で、また官僚人気がとり戻せるかもしれない。官僚でも芸能人と知り合える。そしてあんな美人の人気者と結婚出来る。考えると菊池さんは、綱から一度も落ちたことのない可憐な人だなあ。

耐える女

「国民祭典」にお招ばれして、国民的スター「嵐」の歌を聞いたのが土曜日のこと。

そして火曜日の真夜中、そのメンバーの一人、二宮和也さんの結婚のニュースが届いた。

本当におめでたいことである。

相手の女性は三歳年上の、フリーのキャスターをしていた人。彼女は、仕事もやめ、世間にも出ないようにして、ひたすら二宮さんとの愛を守ろうとしていたと報道にはある。

三十八歳という年齢もあり、焦っていたこともあったに違いない。それでもひたすら恋人を信じて待っていたのだ。

なかなか出来ることではない。

ところでもう一人、じっと「耐えていた女性」が現れ、世間を騒がしている。

かの大スター、高倉健さんの養女となっていた人だ。

五年前、健さんが亡くなった時、いきなりこの人が現れたので世間はびっくりした。なんでも遺産も遺骨もいっさい渡そうとしなかったので、健さんの親族の方とはいろいろあったようだ。

健さんが建てたお墓も、住んでおられたおうちも壊してしまったので、さらに親族の方から恨まれる。

亡くなったやしきたかじんさんもそうだったが、スターというのは年をとると、どうしてこうもややこしい女性とめぐりあうのであろうか。不思議でたまらない。

この養女の方は、悪評をふりはらうかのようにご自分で本を書かれた。『高倉健、その愛。』というタイトル。私はすぐに買った。するとハタケヤマが「読んだら貸してください」だと。彼女がこんなことを言うのは非常に珍しい。

それはそうと、この養女はプロモーションのためにテレビに出まくった。しかし後ろ姿しか見せない。私は、

「本を書くなら、顔をさらせ、名乗れ」

というのが原則なので、こういう態度があまり好きではない。

本のキャッチフレーズ、

「高倉健が最後に愛した女性」

というなら、そのお顔を拝見したいと思うのは当然だ。

どんな顔が、健さんはタイプだったのか知りたいと思う。やはり江利チエミさん以来のファニー・フェイス好みだろうか。そういえば話題になったあの女優さんも、すごいキュートなお顔だったなあ。

「週刊文春」の対談にもお出になったが、肝心なところははぐらかしていた感がある。阿川佐和子さんも、

「お話を伺えば伺うほど」

「もやもやとした余韻がいまだ心の片隅に残っております」

などと、正直な感想を書いている。

まずわからないのが、この人の経歴で、どうも無名の女優（結構いい役をやっていたという説もある）をしていたらしい。それがテレビの旅番組のプロデューサーになる。BSの番組を仕切っていたとするのが本当ならば、相当の取材力と英語力がなければ出来ないことであろう。そこらの女優が、転職してすぐやれるような仕事ではないのだ。

仮にこの養女が、本当にプロデューサーをしていたとして、そのキャリアをむざむざ捨てたのはどうしてだろう。本を読むと、体《てい》のいい家政婦さんを十七年間していただけのようにも思われる。

意外な健さんの暴君ぶり。彼女は外出も出来ず、帰ってくるのを分単位で計算し、おいしい料理を出さなくてはならないのだ。ただの一度も一緒に外出したことがないとい

う。

これだけ献身的に尽くして、婚姻届を出さなかったのはおかしくないだろうか。

健さんは、結婚がバレるとファンが悲しむからとおっしゃっていたらしいが、養女とかいう中途半端なことを誰も望んではいなかったはず。

もし死後に結婚が露見したとしても、

「健さんにそういう人がいたんだ。よかった、よかった」

と私を含めファンは思ったのではなかろうか。それを私たちだけの愛の形と言われてもなあ。


ところでひと昔前、「日陰の女」というのは何人もいた。言わずとしれた「お妾さん」である。こういう女性は、契約を結んでいるから毎月決まったお手当をいただき、子どもも認知してもらえる。

山崎豊子さんの名作『ぼんち』を読んでいると、戦前の大阪の老舗では、旦那さんがお妾を持つのはそう珍しいことではない。ただみみっちいことをするのは、とても恥ずかしいこととされる。だからたっぷりと月々のものをいただく替わりに、折り折りには挨拶に行かなくてはならない。その時のマナー、羽織を着てはいけないとか、こう口上をのべるとか、細かいことが『ぼんち』には、いっぱい書かれている。

いうしきたりはとっくに廃《すた》れてしまった。今、「日陰の身」といえば愛人ということになる。これもお金でわりきった仲ならいいのだが、複雑化するのが愛情で結ばれていた場合だ。

私が広告の仕事をしていた頃、業界のスターさんに、若い美しい愛人がいた。公認の仲だったから、みんなで旅行にいっても一緒の部屋に泊まる。

何年か前、青山を歩いていた私は本当にびっくりした。よれよれの老人となった彼の傍に、初老の女性が寄りそっている。彼を師と仰ぐ同業者のあの女性である。若くて綺麗だった彼女は、あれから四十年、結婚もせずにずっと愛人を続けていたのだ！

最近の若い女性に、こんな殊勝な人はまずいないだろう。ちょっと裏切られた、なんて思うと、相手が有名人だと寝顔をスマホにとる。そしてそれを週刊文春に持っていったりするのだ。

そして今日、前澤友作社長と剛力彩芽ちゃんの破局のニュースが。二人は独身だから愛人ではなく、恋人同士だったわけだが、早く見切りをつけてよかったと私は思う。

男女の仲にグダグダはよくない。女性の貴重な人生を浪費させることになるのだから。

私は時々青山の陽ざしの中で見た、白髪混じりの女性を思い出すのである。

皇室とスマホ

一介の物書きの私が、今回のご即位に関する儀式や宴にすべて参列させていただいたのは、おそらく元号に関する懇談会にかかわったせいであろう。ありがたいことである。本来ならば内裏の中のことは、軽々しく話すべきではないのかもしれないが、見渡せば作家は私一人。この目で見たものを、差しつかえない程度に少し書いてみたい。

即位礼正殿の儀の後、何日かして饗宴の儀があり、午餐会にお招きいただいた。立食ということになっていたが、みんな緊張して整列する中、黒服の人が飲み物、サンドウィッチやカナッペを配ってまわる。

やがて両陛下がおでましになり乾杯、そのあと何人かとお話しになられた。私は特別の配慮で最前列に立ち、お言葉をかけていただいたのである。

実は陛下とお話しするのは初めてではない。

昨年の園遊会で、当時皇太子だった陛下とおめにかかったことがある。

私は我ながら図太い性格で、そう緊張したことは人生でほとんどない。が、今回は待っている間、足が小さく震えてきた。

話は変わるようであるが、この後のパレードをテレビで見ていた。次の日のワイドショーで、アナウンサーが非常に興味深いことを口にしていた。

「思っていたよりずっと静かでした」

歓声や万歳はあまり起こらない。なぜならみんなスマホで撮るのに夢中だから。

識者は、

「SNSによって拡散される、皇室の新しいあり方」

とか言っていたが、私はちょっと、いや、かなり嫌な気分がした。私は決して右の方の人間ではないと思うのであるが、人としての礼に欠けるのではないかと不快になったのだ。

なぜなら両陛下は、手を振られて軽く会釈なさったりしていた。本来ならそれに対して頭を下げたり、手や日の丸を振るのが当然の礼儀ではなかろうか。

スマホで撮る、という自己中心的な行動に熱中し、それを手柄として人に見せる。それでは総理の「桜を見る会」に来た芸能人を、撮りまくるのと同じではないだろうか。

ちなみに私は今話題の「桜を見る会」に一度も行ったことがない。そもそも招待状が届いたことがないのだから。

話がそれたが、私は「撮る」というのは、かなり無礼な要素が含まれていると考えているのだ。ちなみに皇居の中はすべて撮影不可である。

そして即位の礼の後は、大イベント大嘗祭であった。これは天皇陛下が、即位に際して新たに収穫した穀物を神々に供するという、非常に神秘的なものである。

このために何冊かの本を読んだのであるが、日本書紀までさかのぼる難解なもの。途中でリタイアした。

さてその日は皇居からまたバスに乗り、十分ほどいくと大嘗宮の前に着く。この日のためにつくられた大嘗宮だ。

やがて直衣《のうし》姿の男性が集まり、火を焚いた。随身《ずいじん》姿の男性がいったり来たりする。平安時代にタイムトリップしたような風景だ。やがて小さなあかりに導かれて、白い衣装の天皇、皇后両陛下がお通りになる。といってもそれはわずかな時間で、すぐに部屋にお入りになり中は窺い知れない。秘儀と言われているが、このあいだNHKで再現していた。何十種類もの食材を箸でお取りになるようである。

とにかく寒い。私たちは大嘗宮の前のテントで、一晩中拝見しているのであるが、数時間以上身じろぎもせずにじっと座っていることになる。コートの着用は許され、石油ストーブも置かれているが、あまりにも寒く、居眠りなどとんでもない。

が、夜が白々と明けてくる頃、両陛下はご退出になり、我々も安堵のため息をもらした。そして皇居に戻り、お弁当とお酒をいただいたのである。

この大嘗祭の後、出席していた者たちが招かれ、大饗の儀がとり行なわれた。これは席に着いてのお食事会である。

豊明殿の後ろには、白い布がかかったものが並べられていたが、すぐに紹介された。全国から集められた特産品である。

私たちのお膳の右側は、いかにも古来の伝統にのっとったもの。焼いた雉と、塩引きの鮭、そして巻いた昆布、白米は斎田米《さいでんまい》が使われている。装束に身をつつんだ抜穂使《ぬきほし》が、祝詞《のりと》を奏上しているのをニュースで見た。このお米はかなり固く炊いてあるかも。そして昆布巻きはうっかり口に入れて後悔した。とても嚙み切れるものではなかったのだ。

お酒は白酒《しろき》、黒酒《くろき》といってやや酸っぱみのある酒だ。土器の盃でいただくが、この盃は持って帰れる。持って帰れるといえば、左側のお膳はお持ち帰りを前提にしたもの。大きなカマボコに薯蕷羹、立派な鯛などがつく。この前の午餐会のお土産でもいただいたが、皇室のカマボコや焼いた合鴨などは、シンプルであるがとてもおいしい。

私の席は雅楽台の真横であったが、これは源氏物語の本を書いた私には、なんという幸運だったか。宮内庁楽部による素晴らしい舞を、真近で見られたのだ。最初の久米舞は、神武天皇がつくった歌に舞をつけたもので、日本最古の舞踊といわれる。靴ではなく、沓《くつ》をこんなに近くで見たのは初めて。

「五節舞《ごせちのまい》」は、十二単の五人の女性が舞った。源氏物語「少女《おとめ》」では、惟光の娘がこれを舞い、光源氏の息子夕霧が見初めるシーンがある。雅びな歌が続く。

「その唐玉《からだま》を」

「少女《をとめ》ども　少女さびすも　唐玉を　袂に纏《ま》きて、少女さびすも」

本当に感動して、思わず涙が出そうになった私である。

皇室はなんとたくさんの貴いものを守ってきたのであろうか。これからたくさんの論議があるに違いない。あのスマホをふりかざす人々に向かって。むずかしいことがたくさんあるだろうが、即位の礼に参列してたくさんのものを見た政治家や学者さんたちに頑張ってほしいものである。

空港の怒り

「ハヤシさん、この頃すごくむかつくことがあるんですよ」

ある紳士がおっしゃった。

「タクシーの空車と、回送、予約の表示、みんな赤い文字なんですよ。間違えて手をあげることがしょっちゅうで、あれ、なんとかなりませんかね」

「わかります。私も待って待って、やっとタクシーが来て、嬉しくて小走りに寄っていったら予約、ってことがしょっちゅうあります」

このところなぜだかわからないが、タクシーの数が少ない。私の家は、比較的都心に近い住宅地であるが、電話でもスマホでも朝はまずつかまらないと思っていいだろう。

それならば電車で行けばいいのであるが、ちょうどラッシュどきにぶつかったりする。

「仕方ないなあ」

と夫が車を出してくれるのであるが、これがさらにすごいストレス。乗っている三十分だか四十分の間、ずっと文句を言われるのだ。

「毎朝、毎朝、車がないって騒いで、いったい何してるんだよ。ちっとも進歩がないじゃないか。今はネットを使って、いくらでもタクシーを予約出来るんだよ。それを機械に弱いからって、まるであらためようともしない。車に乗せるこっちの迷惑を考えろ」

その間に、割り込んできた車に「何やってんだ。こいつ」と毒づき、

「こんな停車の仕方して、何も考えてないんじゃないか」

と怒鳴る。

つい先日、たまたま知り合いの男性の車に乗せてもらったら、あまりにも静かに運転することに驚いた。彼にそのことを告げると、

「どうして？　ふつうでしょ」

ときょとんとしている。

そう、そう、こんなことも。わが家へ帰るためには、大きな道路を曲がり、公園の壁につきあたって、そこからさらに右に曲がるが、夫のコースは違う。公園の壁から二つほど手前の角で右折するのだ。

が、このあいだ帰宅する途中、その角のところに工事用のタンクローリーが停まっていた。誰も乗っていない。ブーブーとクラクションを鳴らすと、家の中から人が出てきた。そして車に乗るとそろそろと後退。やっと空けてくれた道を通りながら、夫はずーっと怒っている。

「こんなとこに工事の車停めやがって、いったい何を考えてるんだ。全くふざけてる」

この間五分経過。たまりかねて私は言った。

「ねえ、ここに車が停まって曲がれないんなら、十メートル先に行けばすむことじゃないの。公園の壁で曲がれば、いいんじゃないの」

夫は逆ギレした。

「オレにはオレの好きな道があるんだ!!　この道が好きなんだ。そんな文句言うなら、自分で運転しろ。もう人に頼むな」

トシをとるということは、怒ることが増えることだと、夫を見ているとつくづく思う。

「人間いたるところ青山あり」

は若い人への教えで、年をとると、

「人間いたるところ怒りあり」

宅配業者に怒り、駅員に怒り、店員に怒り、もちろん妻に怒る。

こういう配偶者を持って、私はかなり穏やかな方だと思うのであるが、それでも時々むっとしたり怒ることがある。私の場合、それがなぜか空港で起こるのだ。

そもそも私は空港が大好き。まるで子どものようであるが、早めに行ってあそこをうろうろするのを楽しみにしている。小物を買ったり、空港でおそばを食べるのだ。ターミナルによっては、お鮨屋さんのカウンターもあり、そこにも年に二、三回行く。

しかし、このところ保安検査場でむっとすることが増えた。コートを脱がされるのはわかるが、上着までだとイヤな感じ。

他の人はどうだか知らないが、私の場合、とっさに上着を脱ぐとボロが出る。ババシャツがはみ出していたり、肥満のためにファスナーがちゃんと上がってなかったりする。このあいだ一緒に行った友人は、

「下はノースリーブなんで脱ぎません。探知機でお願いします」

と拒否していたっけ。

まあ、何とか我慢してコート、ストール、上着を脱いでカゴに乗せる。そして通ろうとすると、

「さっき出てきた保安検査証は？」

と言われ、あわてて探すことに。コートの下に隠れていた。検査場の前で、タッチしてやっていたことはいったい何だったんだ。

さて私は、地方に行く時は、出来るだけA社で行くようにしている。理由は簡単で、マイレージをためているから。

とはいうものの、B社のカードも当然持っている。先週は友人たちと九州に遊びに行くことになり、ゲート前で待ち合わせをした。

ハタケヤマは言う。

「B社のカードで大丈夫ですから」

しかしチケットに替えようとして、自動発券機ではねられた。そして検査場前の改札（というのか）でもNG。係の女性が言う。

「カウンターでお願いします」

その行列が長い。早めに空港に着いたのにえらいことになった。私はハタケヤマに怒った。

「どうしていつものシンプルな、バーコードにしてくれなかったの!!」

カウンターで私のカードはICチップがついていないと言われた。そんなことあるだろうか。さらに怒り、ハタケヤマに電話。

「ICチップがないカードをどうしてつくったの!?」

結局、VISAがついた本来のクレジットカードではなく、マイレージ用の別のカードを使っていたことが判明した。私が間違えたのだ。

「それならばどうして、別のカードお持ちじゃないですかって誰も言ってくれなかったのかしら」

と恥ずかしさもあり、ねちねち彼女に文句を言う私。トシヨリって、こうして皆から嫌がられるのだと実感した。

そば屋の賀状

先々週も言ったとおり、私は「桜を見る会」に一度も行ったことがない。招待状もいただいたことがない（二十数年前に一度あったような気もするが）。それなのに最近会う人、会う人に、

「えー、毎年行っていると思ってた」

「大勢で撮る写真の中に確かにいたよ。見たことあるもの」

と言われて、ちょっと不愉快。

今年行った友人によると、お寿司とかサンドウィッチぐらいしかなく、ペットボトルがやたら並んでいたがそれにありつくのも大変だったそうだ。しかし行きたい人はいっぱいいたのだろう。

そういう人たちの中から、自分の地元民だけを優遇した総理もどうかと思う。質素な会でも税金が使われていたのだから。その後はシュレッダーだの、反社会的勢力だの、ものすごい逆風が吹いている。

そしてその逆風にのっかって、いろんな説が流れている。

その一つ、沢尻エリカさんの逮捕は、「桜を見る会」から世間の目をそらせるため、というもの。これはかなりひろまった。鳩山元総理さえもご自分のツイッターで断言しているほどだ。その後も壇蜜さんやイモトアヤコさんの結婚も、「桜を見る会」のために、急きょ早めた、という説までも。

揚句の果ては、

「中曽根さんの亡くなったのも、実はちょっと前だったが、ここに来て発表した」

とまことしやかに言う友人もいる。

それにしても、「桜を見る会」の招待状をパンフレットに掲載して、宣伝に使ったマルチ商法の会社があった、というのは驚きだ。いかにずる賢い輩が世間にはいるかということで、政府や関係者は注意すべしということになるが、そういう末端のことはどこで調べがつくんだろうか。

地方に行くと、ちょっとした料理屋さん、観光地では平気で総理との写真を飾ったりしている。ああいうところまで調査をするとしたら大変なことになるだろう。これはもうSNSによるチクリを頼るか。が、それでは殺伐としたものになってしまう。

世の中には全く悪気がなくて、えらい人のプライベートをさらしているところも結構あるのだ。

ある温泉地の有名なそば屋さんに行ったことがある。そば打ちをするスペースのガラスに、向こう側からベタベタと年賀状が貼られていた。常連さんからのものだ。

「今年も新そば食べに行きます。よろしく」

「家族でまたうかがうの楽しみにしています」

という賛辞が書かれているが、住所や電話番号も当然さらされているのが気になる。よほど性善説をとっているのだろうと、私はそば屋の店主の無邪気さにため息をついたが、一枚どうしても見逃せないものがあった。それは、かなりえらい警察官僚の方からのもの。

「今年も必ず行きますよ」

という言葉と共に、プライベートの住所と電話番号もしっかり印刷されていた。しかもこの方は、ご自分の名前の上に、しっかりと肩書きも記しているのだ。

私は黙っていられなくなった。二十年以上前のことで、世の中はまだゆったりとしていたが、さすがにこれはまずいでしょ。

「このハガキ、すぐにはがした方がいいと思いますよ」

通りかかった店員さんに注意したのであるが、きょとんとされてしまった。その後どうなったかわからない。

権力を持った方にとって、世の中はリスキーなことで溢れている。みなさん日頃から注意をしているに違いないが、それでも何をされるかわからない。

パーティーや集会で、近づいてきて握手を求められる。ツーショットを撮られる。この時、

「あんたあぶなそうだからダメ」

とはっきり言える政治家がいるだろうか。こうして写真はひき伸ばされてパネルとなり、事務所の応接間に飾られることになる。何度でも言うが、ここまで調べるのは不可能に近い。だからこそ権力者は注意に注意を重ね、自分の集まりに、絶対おかしな人を入れてはいけないんだ。

ぜんぜんレベルの違う話であるが、先日、名刺交換した人からこう尋ねられた。

「デザイナーの○○△△知ってますか」

「いいえ知りません」

本当に記憶がない。こういうのはよくあること。私レベルでも、私を「よく知っている」「仲よし」は日本にいっぱい存在しているのだ。

しかしこの後の言葉は聞き流せなかった。

「おかしいなあ。彼は昔、毎晩ハヤシさんに呼び出されて、お酒をつき合わされたって言ってるんだけど」

「あのですねー」

大人気ないと思うが私は続ける。

「私はお酒が好きですが、人を呼び出して飲もうと思うほどではありません。それから当時は、飲んだり遊んだりするのはいつも数人の編集者とだけでした（すみません、迷惑おかけしました）。何よりも、私はその男の人の名前に全く記憶がありません」

おそらく私ぐらいの知名度でも、「つき合わされた」「おごらされた」と流布されているのだろう。口惜しい。

ましてや有名政治家ときた日には……。私は意地が悪いので、「〇〇さんとは仲よし」とか「親しい」と聞いたら、〇〇さんに会った時に聞いてみることにしている。すると、「〇〇さんと先週ご飯を食べた」は、「二十人ぐらいの会食の中にいた」ということがわかり、「〇〇さんとは高校の同級生」は、五年ぐらい違う同窓生とわかる。

とにかく一般人の、誰それさんと親しくなりたい思いというのは、すごいものがあるのだ。それが充満していた「桜を見る会」には、ぜひ一度行ってみたかった、と今となれば思う。が、あれ、もう二度と開催されないような……。

作家のスピーチ

「子ども叱るな　かつてきた道
年寄り嗤うな　いつか行く道」

という言葉を、この頃よく思い出すことがある。

二年前、百一歳で亡くなった私の母は、九十歳を過ぎた頃から小さな悲鳴をあげるようになった。

「ああ、口惜しいねー。年をとるってこういうことなんだねー」

母にとっても、老いというのは初めての体験だったのだ。

九十七まで、田舎でずっとひとり暮らしをしていた。ボケないようにと、必死でクロスワードパズルに励んでいたっけ。私が、

『世界で一番難しいクロスワード・パズル』

という本を買って持っていったが、英和辞典を駆使して解いてみせた。

「老いて学べば死して朽ちず」

という言葉が好きで、よく年賀状にも書いていたっけ。

その母が晩年はすっかりボケてしまったがそうショックではなかった。母はかねがね、

「老いは赤ん坊の成長と一緒、昨日ハイハイしていた子が急に立ち上がる。年寄りも、昨日出来たことが急に出来なくなる。明日はどうなるかわからないから、今日はいろんなことを伝えておくね」

と言っていたので覚悟は出来ていた。七十代、八十代で親がボケたらつらいだろうが、百が近くなれば、子どもは、

「そうなっても仕方ない」

という気持ちになるものだ。

最近、まわりの人たちがどんどん老境に入っていく。昔と変わらない人たちもいるけれど、まあ、たいていの人が年をとっていく。そういう私も〝前期高齢者〟に入り、十年後、二十年後の自分と照らし合わせているのである。

一人、たぶんこういう風になるんじゃないかなあ、いや、こういう風になりたいなあと思う方がいる。

八十代の作家の方だが、白髪をボブにしていてとてもおしゃれ。年寄りくさくないけれども、若ぶったりもしない。お話がとても面白く、お仕事も精力的にこなしている。

が、プライベートでおつき合いしているわけではないので、実態がどうなのかはわか

らない。しかし素敵な方だ。

私はまわりの人たちを見ていて、年をとるというのは、「怒りっぽくなる」「話が長くなる」「ひがみっぽくなる」ことだとわかってきた。

「話が長くなる」については、いろいろなエピソードを見てきた。

ある出版関係のパーティーの時、高名な作家が乾杯に立った。そのスピーチの長いこと、長いこと。たまりかねた司会者（編集者）が、

「先生、もうそろそろ……」

と言っても無視、その後もえんえんと喋り続けたのである。

かねてより著作を愛読していた私は、かなりがっかりして、知り合いの女性編集者に、

「ちょっとひどかったね……」

と語りかけた。すると彼女は冷たい表情で、

「こんな風に話が止まらなくなって、一年以内に死んだ人を、私は二人知っている……」

とつぶやき、ぞっとしてしまった。

実は私もある人の死を知ったばかりなのである。

それはある女性有名人の米寿を祝う会であった。その方ははつらつとして今も美しいのに、主賓として挨拶に立ったえらい男性が、同じことを繰り返す。

「〇〇〇子はいい女だった。若い頃、本当にキレイだった……」

最初は年寄りの思い出話と微笑ましく聞いていた人々も、次第にざわついてきた。こういう時、司会者は本当に可哀想、業界のうんとえらい人なのだ。

「申しわけございません、もうそろそろ……」

と告げたところ、

「司会者にあんなことを言われた！」

とむっとし、

「だけど〇〇〇子は美人だった。キレイだった」

壊れたレコード、という表現がぴったり。

聞いたところによると、この方はこの後時をおかずお亡くなりになったということだ。合掌。

ところでつい先日、あるパーティーで、私がしたスピーチが大好評であった。舞台から降りて人々の群れの中に入ったら、

「ハヤシさん、素晴らしかった」

「本当によかったワー」

と大絶賛の嵐。別にすごいことを言ったわけではない。その前に壇上に立った人たち

の話が、あまりにも長く、スピーチの時間が永遠に続くかと思われた。しかし、私が流れを変えたというのだ。

十五分喋った方も、やはりお年を召した方であった。

そして「怒りっぽい」であるが、私はうちで夫に慣れているので、そう驚かない。七十過ぎた人たちは突然キレる。が、いつ、どこでキレるのか、予想がつかないので困るのだ。

このあいだ一緒に食事をしている最中、

「今日の料理は何だ!!」

と怒鳴った人がいた。女将さんやご主人が謝りに来たけれども、怒りがおさまることはなかった。クレイマーなんかではない。長年の常連さんなのだ。

「この芋の煮方は何だ。こんなものを出して恥ずかしいと思わないのか」

こういう時、まわりの人は「まあ、まあ」と言ったりしてはいけない。火に油を注ぐようなことになってしまうからだ。

私も気をつけようと思う。本当にそう思う。だから若い人との集まりには出来るだけ行かない。自分から誘ったら必ず払う。そして二次会には行かない。そう心がけている。

しかし私はスピーチは短いが、ふだんの話が長いとよくうんざりされる。仕事柄、起承転結をつけずにはいられない。登場人物の背景を喋らずにはいられない。これは一種の職業病ではないか。だから作家のスピーチが長くても、寛大にならなくてはいけないのだ。

マカオ・ツアー

暮れに香港に遊びに行こう。

いつもの仲よし四人で、そう決めたのは今年の春のことであった。

いくら何でも、その頃はデモも沈静化しているに違いない。そう考えた私たちは甘かった。ますます事態は深刻化している。

キャンセルすべきかどうか、十一月にランチをしながら話し合ったところ、一人がこう言った。

「それならマカオに泊まることにしようよ」

彼女によると、香港からマカオまでは車で一時間。あちらでゆっくりしてもいいし、どうしても香港に行きたければフェリーに乗ればすぐだ。

そうしよう、それがいいと、たちまち相談がまとまり、羽田に集合したのが十二月十二日のこと。たった三泊とはいえ、物書きが暮れによくこんなことが出来たものである。

「年末進行」という地獄は、目前に迫っているのだ。

そして香港国際空港に到着、拍子抜けするぐらいいつもと変わらない。

が、空港の方に聞いたら、やはり日本からの観光客は減っている、ということだ。

「週末、デモが行なわれる地域を避けたら、どうということはないんですけどね」

だったらやっぱり、明日香港に戻ってこようよ、買物も空いていていいかもねー、などと呑気に私たちは車に乗り込んだ。

三、四十分走った頃、私たちの乗ったホテルからの迎えの車は世界最長の海上橋を渡ろうとした。するとその前でゲートに誘導された。そこには武装警察部隊の隊員が立っているではないか。車の中からパスポートを見せるだけかと思ったら、降りて、一人一人金属探知機にかけられる。そしてパスポートをチェック。

まわりには小銃をかかげた兵隊たちが立っていて、警察犬も待機。なんかすごーく、イヤな感じである。車の運転手さんも、

「こんなことは初めてだ」

と驚いていた。

後でわかったことであるが、マカオの中国返還二十周年の記念日が近づいていて、テロ対策ということである。

今日（十二月十九日）の朝日新聞を広げたら「マカオ　一国二制度の『優等生』」という見出しが。英国領として栄えた香港と違い、マカオは宗主国のポルトガル自体がビン

ボーだったから、マフィアがはびこり治安も乱れていたらしい。それが中国に返還されてから、ラスベガスなどの大手資本も入り、カジノが大にぎわい。なんと一人あたりのGDPは香港を抜き世界三位だというのである。

そういえば二十数年ぶりのマカオは、巨大なホテルがいっぱい建っていた。中でも私たちの泊まるホテルは偉容を誇る。

うかつなことに私は、

「マカオでいちばん新しい、カッコいいホテル」

としか聞いていなかった。

よってそれがザハ・ハディドさんの遺作だとは行くまでまるで知らなかったのである。そう、日本の国立競技場の設計は、最初彼女に決まっていたのであるが、あまりにも建築費が巨額となるため取りやめになったのだ！　彼女は「アンビルトの女王」とか呼ばれていたが、お金がある新興の国に、いっぱい作品を残している。このモーフィアスホテルは、彼女の最後の作となった。全体が鎖《くさり》を巻きつけたようになっていて、中央がくねくねと波うち、穴が三個空いている。

ロビーに行ってさらにびっくり。柱がないためにずっと高く吹き抜けになっていて、巨大なオブジェが、壁をつくっている。三角形を組み合わせた摩訶不思議な形は、見ていて飽きない。

レストランがまた斬新で、多数のとがった爪が生えている、大きなカマクラのようなところで食事をするのだ。

私の部屋も、ふつうじゃない。ベッドルームの階段を上がると、空中にリビングルームがある。そう広くはなく、ソファとテレビが置かれていた。が、ここに上がったのは最後の日の十分間ぐらい。たいていはベッドルームでことたりた。

バスルームは広く快適であるが、ハイテク過ぎて、なかなか使い方がわからない。アイパッドですべて調節するのだ。わからない、といえばミニバーも、壁の一部に収納されていてホテルの人に教えてもらったほどだ。私はここに泊まったのが大自慢で、友人みんなに写真をおくる。すると「うらやましい」という言葉と共に、全員がみな同じメッセージを。

「国立競技場を、ザハさんがつくったらどうなってただろうねえー」

ちょうど日本に帰った日が、新国立競技場のマスコミお披露目の日だった。自然を生かし木でつくった競技場は、今の日本の身の丈に合っている。しかし強烈すぎるほどの個性をたたきつける建物を見たかったなあとも思うのである。

さて、このホテルは当然カジノがついていて、しかも二十四時間。中国からお金持ちが連日いっぱいやってきているようだ。

テーブルでやるカードは、やり方がわからないが、ルーレットならちょっとやってみようかなあ……。

食事の待ち合わせまで、三十分ほどあった。USドルの百ドルを香港ドルに替えてもらう。ここはチップにする必要はないのだ。この際私はお札以外のコインを窓口に置いてきた。

「これからバクチやる人が、小銭を受け取ってどうするのよ」

などとエラそうなこと言うわりには、十ドル、二十ドルとちびちびと。そうしたら突然鳴り出す大きな音楽。三千ドルゲット。あまりにも大げさな音楽に、人が寄ってきたほどだ。結局三千四百香港ドル（四万七千円ぐらい）を手にした私はそこできっぱりとやめた。明日の香港で何か買えるかも。よかった、よかった。しかし三十分でやめられるハヤシさんは、到底ギャンブラーにはなれないね、と競馬好きの友人からいささか非難がましい感想があったのである。

美智子皇后の「奇跡」

七十代の男性が、こんなメールをおくってきた。

「今上天皇（現・上皇）が、こんな素晴らしい天皇になるとは、平成のはじめには考えてもみなかったよ。やっぱり美智子皇后（現・上皇后）のおかげだろうな」

どちらかというと反体制的で皮肉屋の彼が、こんな感想を持つとは意外であった。

が、この人だけではない。平成の終わりにあたって、両陛下の存在の大きさをあらためて嚙みしめる人は多いはずだ。特に美智子皇后に関しては、今「奇跡」という言葉が使われている。

美智子皇后のことを考える時、この私の心も、清らかで温かいもので満たされるのである。

一人の人間が、これほどの美質と美徳を持っていることがあるだろうか。美しさも知性も優しさも、そしてある時は天皇を守るためには死も辞さないという強靱な精神。

初めてお二人が沖縄を訪問された時、火炎瓶を投げられた。その時さっと美智子さまは手を出し、皇太子（当時）を守ろうとされた。その厳しい表情に、感銘を受けなかった国民はいないだろう。ああ、この方がいる限り皇室は大丈夫と思ったに違いない。

また物書きの私は、皇后の文学的な才能にいつも感動してしまう。読書の大切さを説いた「根っこと翼」のスピーチは、何度聞いても涙が出そうだ。いい読書が人間の質をいかに高めていくかというお手本のようなエピソードが語られる。

今年の正月、宮中歌会始に陪聴者として出席の栄を得た。皇后の御歌はいつも群を抜いている。というよりもプロの御歌である。もし皇室に入られなかったら、相当の歌人になられたはずだ。

今年の御歌は、

「今しばし生きなむと思ふ寂光に園の薔薇《そうび》のみな美しく」

これが披講された時、私の瞼《まぶた》は熱くなった。さみしくそして強い御歌である。自分の役割はもう終ったのかもしれない。しかしまだ生きていろいろ見届けなくてはならないことがある。そう考えると、この世のすべてが美しくいとおしく感じられる……。

私はこう解釈したのであるが、違うことを考える人もいるだろう。いろいろなことを人に与えてくれるのが秀歌というものだ。

また私は音楽のことはよくわからないが、皇后がピアノの名手だということ、演奏をなさるのも聞くのもとてもお好きだということを知っている。

全く皇后の素晴らしさを言い募ったら、一冊の本が書けることであろう。被災地での皇后は「神々しい」という言葉がぴったりだ。心のこもった優しい言葉に、人々は感涙にむせぶ。力をいただいたと口々に言う。苦しんでいる人たちを、これほど慰撫した皇后は、初めてであろう。私たちの世代では、香淳皇后と比べればよくわかる。

しかし皇后が最初からこれほど敬愛されていたかというと、そんなことはなかった。マスコミに叩かれたことははっきりと記憶にある。

皇太子妃時代は「マイホーム一家」と書かれ、

「昭和天皇が愛した皇居の木を美智子皇后が切りはらった」

と報道された（週刊文春です）時、お苦しみのあまり失語症になられたはずだ。当時は美智子さまに対して、なぜか意地悪だったのである。それはなぜだろうか。

一九九〇年当時、

「マスコミたるもの、そうやすやすと天皇制に与《くみ》しないぞ」

というムードがまだ存在していたのである。が、今、すべてのマスコミも美智子皇后には「完全降服」だ。長い時間かかって美智子皇后は勝利したのである。

しかし綻《ほころ》びは別のところからやってきた。雅子さまは一応の回復を見せているが、秋篠宮家はさまざまな問題を露呈している。眞子さまの結婚問題は、もはやスキャンダルの色彩を帯びてきた。お相手の青年は、次々と話題を提供してくれる。いや、マスコミがほじくっているというのが正しいか。

そして、

「姉の一個人としての希望がかなう形になってほしいと思っています」

と発言した佳子さまも最近槍玉にあげられるようになった。

しかしこの美しい姉妹を、さんざんアイドルとして扱ってきたのは誰だったのか。皇族からはみ出したおふるまいを、持ち上げてきたのはマスコミと国民だったではないか。

平成が終わりに近づくにつれ、秋篠宮家への扱いが、急にきつくなってきたと思うのは私だけではないはずだ。皇太子さまとの確執もとり沙汰されるようになった。

美智子さまはもはや侵すべからずの神聖な存在となっているのに、そのまわりのキナくささはどう言っていいのであろうか。皇后がおつくりになった家庭という皇室が、さまざまな齟齬《そご》を見せるようになったのだ。

これらの記事を読んで、人々はどういう反応を見せるのだろうか。

「こんなことを書くなんて」

と顔をしかめるのか、それとも、

「美智子さまでも、ご家庭の中でいろいろあるのね。ご兄弟がうまくいかないこともあるのね」

と思うのであろうか。私は後者の方だと考えるのである。

令和の皇室はたぶん二つの選択を迫られるはずだ。

「平成の天皇皇后のように、人々にとって絶対的な存在になる」

「悩みや問題を隠さずに見せ、それを乗り越えることによって共感を得る」

しかし共感というのは、崇拝よりもはるかにひよわなものだ。人の心に左右される。どうか崇拝を手にしていただきたいと心から思う私である。

ここまで書いてひとつの光景が甦ってきた。

お寺の中にある保育園。青い上っぱりを着たおかっぱ頭の私は五歳で、ある遊びに夢中だ。それは輪っかをつけた本の箱をごろごろとひっぱるのだ。

「美智子さまのお通り。美智子さまのお通りだよー」

近所のテレビで見た、パレードの時の美智子さまは衝撃だった。あれほど美しく高貴な女性を見たことがなかった。

時には友だちを乗っけることもあった。毎日飽きることなくその遊びを続けた。

「美智子さまのお通り、美智子さまのお通りだよー」

考えるとあのパレードは、終戦から十四年しかたっていなかったのである。美智子さまは、戦争を知っている人の「格の高さ」を私たちに伝えてくださった。

戦争を知っていることは不幸でつらいことであるが、それは時として人間の深さと気高さになることもある。平成はそういう方が壮年として生きた時代でもあった。

週刊誌エッセイ史上最多連載回数を達成！
「夜ふけのなわとび」１６１５回突破記念インタビュー

――「週刊文春」で連載中のエッセイ「夜ふけのなわとび」が先週号（二〇一九年九月五日号）でなんと一六一五回を迎えました。山口瞳さんが「週刊新潮」で連載していた「男性自身」の一六一四回を抜いて、週刊誌エッセイの史上最多回数の記録を達成されました。

林　お祝いのケーキまで用意してくれて、しかも私の似顔絵入り！（みずから切り分けてひとくちパクリ）あら、おいしいですね。これでまた太っちゃうな。今、話題の味噌汁ダイエットに挑戦しているんですが、最近はちっとも体重が落ちないんです。いろんなエクササイズをやって、筋肉がついたと思いたい。

――三十六年にわたって、連載を続けられる間には、読者がうかがいしれないご苦労があったことと思います。連載を書き続ける秘訣は何でしょうか。

林　まずは健康に恵まれたことです。今年はまだ時間がありますが、昨年は新聞連載の小説「愉楽にて」の執筆を抱え、大河ドラマの原作となった『西郷《せご》どん！』についてのたくさんのイベントに出かけ、そのうえ紫綬褒章までいただいて。週刊誌のエッセイは「ａｎ・ａｎ」で、「美女入門」も連載していますから、毎週、エッセイ脳から小説脳に切り替えるのが、大変です。

そんな過密スケジュールでも書き続けられたのは、健康と読者の方の応援と、どんなネタも好きなように書かせてくれた編集部のおかげです。

お世辞抜きに、「週刊文春」ってすごいですよね。編集部の悪口や批判を書いても、やめてくれといわれたことはありません。つくづく寛大です。

――本誌で連載がスタートしたのは一九八三年、林さんが二十九歳のときです。最初は一ページの連載で、タイトルは「今宵ひとりよがり」でした。それが翌年には二ページになり、「夜ふけのなわとび」の前身となる「今夜も思い出し笑い」が始まりました。このとき、一六一五回の第一歩が踏み出された。連載を始められたときはどのような心境でしたか。

林　二十代の私ってコピーライターとして注目され、初エッセイ『ルンルンを買っておうちに帰ろう』もベストセラーになっていましたが、我ながら行方定めずという感じでした。世間では一年ももたないイロモノみたいに思われていたようです。

そんなときに「週刊文春」編集部から原稿の依頼をいただいたから、言葉は悪いけど、ただのチンピラじゃないとお墨付きをもらったような気がしました。私は物書きとしてこの先もやっていっていいんだ、と思えたんです。その後の文筆家人生を左右する大きな出来事でしたね。

昔は海外取材のご招待も多くて、ウィーンの舞踏会に出かけたり、インドへ出かけたり。「週刊文春」だからこそできる体験を重ねて、あっという間の三十六年でした。

政治家や経済界のかたにお目にかかると、「いつも読んでいますよ」と親しく声をかけてもらえます。それはこのエッセイのおかげです。たぶん新聞の連載でもこれほどの影響力はないでしょう。

――連載開始時と比べて、テーマや書き方は変わってきましたか?

林 最初のうちは若い女性のミーハー目線で身近なテーマを取り上げて、それが読者の共感を得ていたと思います。だけど、この年齢になったので、政治や社会問題についてもお説教くさくならない程度にはっきり書いていこうと思うようになりました。読者がモヤモヤしていることをズバリ書きたいですね。

そのかわり、書いたことの責任も負う覚悟です。そこが匿名性の高いネットとの違い。プロの物書きとしての矜持です。

私が書いた文章のほんの一部を切り取って、ネット上で無責任に批判されるとほんとうに腹が立ちます。ネットの人には、ネットの中のやり方を活字の世界に持ち込まないでほしいですね。

――連載ではグルメやダイエットだけでなく、政治や世間を騒がせた事件、芸能ニュースまで森羅万象が取り上げられてきました。なかでも日本中を巻き込んだ一九八八年のアグネス論争は鮮烈でした。

林　論争のきっかけになった「いい加減にしてよアグネス」を寄稿したのは、「文藝春秋」でした。でも、その反響は大きく、「週刊文春」の連載にも余波が広がってきました。

当時は中国がまだ貧しく、日本もアジアに対する戦争の贖罪《しょくざい》意識が強かった。そのため読者からは「そんな国から働きに来た女の子をいじめるな」という手紙をたくさんもらいました。

中国が日本を抜いて世界第二位の経済大国になった今なら、読者の反応も当時とかなり違うと思いますよ。

――林さんは「週刊文春」が一九八四年に始めた「ロス疑惑」報道で、一躍ときの人となった三浦和義氏も取材していますね。

林　そうそう、「疑惑の銃弾」ですね。一九八五年に彼が逮捕される五日前に会って、それを文春のエッセイに書きました。それ以前にも一度おうちに行っています（笑）。

あのときの文春のパワーは今思い出しても凄かったですね。発売を待ちかねて、朝いちばんに近所の売店に駆け込むと、売り切れで一冊も残っていない。日本中から「週刊文春」が消えちゃったんですから。

最近は「週刊現代」も「週刊ポスト」も中高年向けの健康情報誌のようになってしまい、時間とお金をかけてスクープを追いかけているのは、「週刊文春」と「週刊新潮」くらいのものでしょう。よく頑張っているなと敬意を表したいです。

私は「週刊文春」の正統的な保守性が好きなのですが、いまだにひとりも女性の編集長がいない。そこだけはちょっと残念かな。

――ぶりっ子と批判された松田聖子を擁護したり、叶姉妹にいち早く着目するなど、林さんは時代の先を読んできました。

林　当時の皇太子のお妃候補が話題になっているさなかの一九八八年に「小和田雅子さんがお妃になったらうれしい」と文春の連載で予言したら、数年後にご婚約が決定して。そのおふたりが今や天皇皇后両陛下です。

叶姉妹は最初はたしか三人でしたよね。女性誌の「ヴァンサンカン」で見た彼女たちに衝撃を受けて、「この怪しげな女たちは何者なんだ」と書いたら、まもなくブームに火がつきました。

――先見の明ありですね。

林　松田聖子さんは最近、おとなしくなっちゃって、ちょっと物足りないです。郷ひろみさんと破局したとき、私、彼のことをさんざん悪く書いてしまいました。ところが、その後お会いしたら、何事もなかったように仲よく接してくれて感激しました。今週もひろみさんのコンサートに行くんですよ。でも、アグネスとはいまだに和解はならず。パーティーで会っても、必ず無視されます（笑）。

——連載で取り上げたなかで、最高のVIPはどなたですか？

林　やはりダイアナ妃でしょう。レセプションに招待されて、お目にかかったのですが、まさに歴史に遭遇した気分でした。不思議なことに、英国大使館に特別なコネもないのに、会いたい、行ってみたいと念じていたら、招待状が送られてきたんです。あのときほど英語がもっと喋れたらと思ったことはありません（笑）。

一方で、最後まで会えなかったのは高倉健さん。めったにメディアに登場しないからしかたないけど、あれだけの俳優さん、ぜひ会ってお話を聞いてみたかったです。

——連載開始後の私生活の一大事といえばご結婚とご出産でしょうか。ハンサムで優しそうなご主人の出現に、世間はアッと驚きました。

林　いやいや、結婚して三十年もたてば、きれいごとじゃすみませんよ。今年の夏休みなんて、十日間、毎日、昼食と夕飯を作って、もうクタクタでした。締め切りに追われ、リビングのテーブルにバーッと資料を広げて原稿を書いていると、「仕事場へ行けよ、ここを散らかすな」と叱られますし。

——でも、反論はしない、と。聡明な、よくできた奥様です。

林　なんだかんだ「伴侶」という言葉に弱いんです（笑）。私が傲慢な人間にならないように、こういう人を与えられたのだと思うようにしています。

それに私の妊娠を報じた女性週刊誌とトラブルになりかけたとき、夫は「今は元気な赤ちゃんを産むことだけ考えよう」といってくれました。そのときのことを思い出せば、たいていのことは許せます（笑）。

――娘さんのことは書かないという姿勢は昔から一貫していますね。

林　娘も外でネタにされるのを嫌がりますしね。ただ、最近はあんまり憎まれ口をきくので、女性誌には一、二度書きました（笑）。

私以上に辛辣なんです。外出先でファンのかたに声をかけられると、対応が素気ないって、いつも娘に叱られます。「全国にママのファンなんて二千人くらいしかいないんだから、そのうちのひとりをもっと大事にしなきゃだめだよ」って（笑）。

美容院で娘の話をすると、「そんなおもしろいネタ、書き留めておかなくちゃもったいない」といわれます。

――読者に人気の愛犬マリーちゃんが最近はエッセイに登場しなくて少し寂しいです。

林　マリーちゃんね、白内障になって目が見えなくなってしまったんです。庭をちょろちょろ歩くくらいで、外を散歩させるのはもう無理ですね。先日は息が急に荒くなって慌てて病院に駆け込みました。いろいろ心配していただき、ありがとうございます

（次の週に亡くなりました）。

――今回のインタビューにあたって、読者からの質問を募集したところ、たくさんのお葉書をいただきました。その中からの質問です。「もし、生まれ変わったら何になりたいですか？」

林　大金持ちのオーナー企業の奥さんになってみたいです。お金も自由な時間もたっぷりで。今は財団の理事やボランティアなど、いろいろな活動をして暇を持て余す心配もありませんし。

それから女優さんにも憧れます。大竹しのぶさんのような舞台女優なんて最高です。私生活もモテモテで、別れた男性からも恨まれないなんて、女性としても羨ましいです。私は活字の表現しかしてこなかったから、肉体を通じた表現に憧れが強いのかもしれません。

――二〇〇〇年から直木賞の選考委員を務められ、昨年は紫綬褒章を受章されました。ほしいものはすべて手に入れてしまったのでは？

林　まだまだ。文化功労者に選ばれて、年金を受け取りたいです。半分冗談ですが（笑）。

健康に気をつけて、文春の連載も長く続けたいです。私にとってのエッセイストとは、一流誌にレギュラーを持って恒常的に書いている人のことです。ほんの一冊、身の回りのことを綴っただけで、エッセイストを自称されるのは、ちょっと納得がいきませんね。

――作家としての目標はいかがですか。紫綬褒章を受章されたときにおっしゃってい
た「愚直に書き続けてきた」という言葉が印象的でした。

林　物書きのスタートラインに立ったのは、三十年以上前ですが、直木賞をいただい
て、ほかにもいろいろな文学賞をいただいても、まだまだだという思いがあります。
周囲と競わず、マイペースで書きたいという人もいるでしょう。私自身、エッセイだ
け書いて、ときどき講演をすれば、なんとか暮らしていけます。でも、一度作家と名乗
ったからには、もっといい作品を残したいし、人より認められたい。
そうやって身悶えしながら書かないと、私、嘘だと思うんです。

――作家としての覚悟ですね。目標は小説に随筆、古典の現代語訳と活躍された田辺
聖子さんでしょうか。

林　田辺先生とは身に余る光栄ですが、一歩ずつでも近づけたら……。
嬉しいことに、私には出版社というお城がある。作家を守ってくれる人たちがいる。
いまの時代、お金を払って雑誌を買う人たちは、知的レベルの高い人たちです。そうい
う方たちに向けて書くということの意義と責任の大きさを日々感じています。そこが丸
腰でネットのブログに書くこととの違いです。今さらSNSでひと儲けしようとは思わ
ないので、活字の世界に殉じるつもりです（笑）。

（構成・門田恭子）

史上最多連載回数１６１５回達成までの歩み

1983　29歳　「今宵ひとりよがり」の連載開始（「週刊文春」8月4日号）
1984　30歳　「夜ふけのなわとび」の前身となる「今夜も思い出し笑い」の連載開始（「週刊文春」10月4日号）
1985　31歳　「ロス疑惑」により三浦和義逮捕。その5日前に三浦と会う
1986　32歳　「最終便に間に合えば」「京都まで」で直木賞を受賞
1986　32歳　ダイアナ妃来日。英国大使館に招待され、大夜会で会う
1988　34歳　「文藝春秋」に「いい加減にしてよアグネス」を発表（文藝春秋読者賞を受賞）。アグネス論争に発展
1989　34歳　昭和天皇崩御
1990　35歳　婚約（「週刊文春」3月15日号に「私が結婚を決意するまで」を寄稿）
1990　36歳　秘書のエミちゃんがＯＬ留学のため事務所をやめ、ハタケヤマさんが新しい秘書に

1990　36歳　結婚。カトリック神田教会で挙式
1991　37歳　金賢姫と対談（「週刊文春」10月31日号に特別対談「いま、女として」が掲載）
1992　38歳　バルセロナオリンピックを取材
1993　38歳　小和田雅子さんが皇太子妃に決定（「週刊文春」1月21日号に「小和田さんでよかった。」を特別寄稿）
1995　41歳　連載500回
1995　41歳　『白蓮れんれん』で柴田錬三郎賞を受賞
1995　41歳　「週刊文春」で小説「不機嫌な果実」の連載を開始（〜1996年）
1997　42歳　松田聖子、神田正輝と離婚（「週刊文春」1月23日号に「松田聖子『最後の賭け』」を寄稿）
1998　44歳　『みんなの秘密』で吉川英治文学賞を受賞
1999　44歳　長女を出産
2000　46歳　直木賞選考委員に
2003　49歳　「週刊文春」で小説「野ばら」を連載
2004　50歳　連載タイトルが「夜ふけのなわとび」に
2006　52歳　連載1000回を記念して、君島十和子さん、中瀬ゆかりさんとトー

クショー
２００９　55歳　「週刊文春」の「阿川佐和子のこの人に会いたい」に特別出演
２０１３　59歳　『アスクレピオスの愛人』で島清恋愛文学賞を受賞
２０１７　63歳　連載１５００回。読者70人と桃見バスツアーに
２０１７　63歳　日本経済新聞に小説「愉楽にて」を連載開始（～２０１８年）
２０１８　64歳　『西郷どん！』が大河ドラマの原作に
２０１８　64歳　紫綬褒章を受章
２０１９　65歳　新元号の原案についての意見を述べる有識者懇談会のメンバーに
２０１９　65歳　週刊誌エッセイ史上最多回数となる１６１５回を達成（「週刊文春」9月5日号）

※２０２０年10月、本連載エッセイは「同一雑誌におけるエッセーの最多掲載回数」として、１６５５回でギネス世界記録に認められました。その後も順調に連載は続き、２０２２年２月28日現在、１７３５回を迎えています（「週刊文春」２０２２年３月３日号）。

特別対談

「瀬戸内寂聴先生に教わったこと」

柴門ふみ（漫画家）×林真理子

老若男女に愛された先輩作家との思い出、また文学者としての凄みについて語り合う。

——二〇二一年十一月九日に瀬戸内寂聴さんが九十九歳でお亡くなりになりました。林さんはちょうどこの日、文藝春秋にいらしていたんですよね。

林　新刊『李王家の縁談』（文藝春秋）の取材を朝から受けていたのでニュースを見る暇がなくて、訃報は記者さんから聞きました。本当にびっくりしましたね。取材時間をずらしてもらって、その合間に追悼文を書いて、数社にすぐ送りました。寂聴先生とは昨年の六月に『婦人公論』の対談でお目にかかったばかりだったのでとてもショックです。

柴門（以下、柴）　私は朝日新聞社からの電話で知りました。すぐにコメントを依頼されたのですが、何の準備もなく話して……。これまでご体調が悪い時期が何度かあっても、いつも不死鳥のように蘇って、エッセイや小説をご執筆されていましたよね。百歳を超えても、そうやって何度も復活しながらお元気でいらっしゃるのだろうと思っていたので、本当に驚きました。

私が初めて寂聴先生にお会いしたのは約三十年前、『女性自身』の鼎談で、林さんも一緒でした。同じ徳島出身の寂聴先生は、私にとって大スターですから、とても緊張していたことを今でもよく覚えています。取材は京都・嵐山の料亭「嵐亭」で行われて、その景色や雰囲気にも圧倒されました。

林　寂聴先生は、柴門さんとお会いできてすごく喜ばれていました。そういえば、「〝徳島の顔〟には、うんと美人と、私のようなオダンゴ顔の二つあるの。柴門さんも徳島型のオカメのほうね」と、失礼なことを仰っていましたよね（笑）。

柴　そうそう、私は徳島の土着の顔なんです。中学校の家庭科の先生が寂聴先生の親友で、当時から瀬戸内晴美さんのお話はよく聞いていました。そのことを鼎談で話したら、「彼女はすごく美人で、仲が良くてライバルだった」と懐かしそうに仰っていたのが印象に残っています。初対面からとても優しくしていただきました。

林　訃報を受けて、マスコミでは寂聴先生に関する様々な特集が組まれましたが、作家としての功績や文学的な評価があまり報道されなかったことにとても驚きました。『週刊文春』では、「瀬戸内寂聴が愛した『男』と『女』」という見出しと共に、細木数子さんの記事と対になるように特集が組まれていて、『女性セブン』に至っては、「昭和の女傑が逝去」と、寂聴先生と細木さんを一緒に並べていたんですよ。どうしてもっと文学的な切り口の記事にしないんだろうと非常に腹が立ちました。

柴 特に若い世代は、寂聴先生を作家としてではなく、テレビに出ている面白い尼さん、人生の先輩として捉えている人も多いですよね。

林 不倫して家庭を捨てたということばかり取り沙汰される。当時と今では時代背景が違うのだから、現在の価値観だけで寂聴先生の生き方を測っても意味がないと思うんです。戦後の時代、これまでとは違う新しい生き方をしようと思ったら、全てを捨てなくてはいけなかった、ギリギリの選択をせざるをえなかったという感覚は、私には分かる気がします。その覚悟や時代の雰囲気は、先生の作品にも表れていると思います。

なぜ伊藤野枝なのか

——寂聴さんの代表作『美は乱調にあり』を柴門さんは漫画化されています。

柴 大正時代の女性活動家・伊藤野枝が世に知られるきっかけとなった作品ですね。大学生のときに、『別冊太陽』で寂聴先生が選者の「近代恋愛物語50」を読んでいたら、社会活動家の大杉栄と伊藤野枝、神近市子の三角関係について書かれていたんです。〝フリーラブ〟を提唱する大杉は、ふたりと愛人関係にあって、神近からは経済的援助を受けていました。にもかかわらず、大杉の愛情は次第に野枝に移っていき、神近は嫉妬から大杉を刺してしまう（日蔭茶屋事件）。その後、大杉は野枝と結婚し、ふたりは関東大震災のどさくさのなか憲兵隊に殺されるまで、生涯添い遂げます。

ムック本には三人の写真が載っていたのですが、大杉栄はすごくかっこいいし、神近市子も美人、それに比べて伊藤野枝は綺麗とは言い難かった。なのに、「この三角関係、伊藤野枝が勝ったの？」と当時の私はすごくびっくりしてしまったんです。『美は乱調にあり』を読んでも、なぜ大杉が野枝を選んだのか、どうしても納得がいきませんでした。私は何か分からないことがあると、それを解決するために漫画を描くことが多いんです。そこで、『美は乱調にあり』を漫画化させてくださいと寂聴先生にお願いしました。

林　柴門さんの漫画は、女性の描き分けが素晴らしかったです。婦人雑誌『青鞜』のメンバーそれぞれの個性的な魅力がよく出ていて、特に平塚らいてうの、美人なんだけど能面のような不思議な顔が印象に残りました。『青鞜』は、「元始、女性は太陽であった」の序文がよく知られていますが、この雑誌に関わった女性たちが考えていたことって、結構難しい。当時の資料を読んでも私には理解しづらい部分が多かった。柴門さんの漫画を読んで初めて、彼女たちの主張がスッと頭に入ってきました。

柴 ありがとうございます。明治から大正にかけて、日本に西洋化の波がやってくると、インテリ男性たちはその影響を大きく受けました。彼らは西洋かぶれしてしまったといいますか、「レディファーストがかっこいい男の条件だ」などと、西洋の考え方を自分たちの都合の良いように、解釈したんですね。賢い女性を持ち上げることで進歩的な男と思われると。彼らに利用されたのが、平塚らいてうのような女性たち。でも彼女たちは頭が良いですから、だんだんと自分たちが男に利用されていることに気づいていった。『青鞜』は、西洋かぶれのインテリ男たちに対する女性たちの反逆の歴史のなかに位置付けられると思います。

林 伊藤野枝に関しては、最近では村山由佳さんも『風よ あらしよ』(集英社)で書かれていますし、女性作家は、野枝に惹かれる人が多い気がします。

柴 伊藤野枝って、『東京ラブストーリー』の赤名リカみたいだなって思うんです。

林 分かる! 確かに似てますよね。

柴 野性的でエネルギーだけで突っ走る、はた迷惑な女なんですよね。赤名リカは『美は乱調にあり』の伊藤野枝からインスパイアされたのかもしれない(笑)。

林 野枝は、十代の頃から海外の文献を翻訳するなど、色々と活動していましたが、実際どのくらい賢かったんですか。

柴　感化されやすく、知よりは情が勝っていたタイプだと思います。野枝の二番目の夫、思想家の辻潤はとても才能のある人で、辻が野枝を育てたんです。彼は、もともと高等女学校の英語教師で、野枝は教え子でした。婚家を飛び出し上京してきた野枝と同棲を始め、彼女の才能を見出します。しかし、さらに成長させようと、野枝に大杉栄を紹介したら、ふたりは愛人関係になって、とんでもない事態に発展してしまう。一方で、抜群に頭が良かったのは、平塚らいてうと神近市子でしょう。神近は日本の女性新聞記者の草分けとして活躍し、衆議院議員にまでなった才女です。

林　小説や映画で描かれる野枝のイメージは、いつも汗臭くて髪が乱れていて、襟が垢染みているような不潔な感じ。でも男ってこういう女性に惹かれるものなんですよね。

柴　寂聴先生は、「私は野枝だ」と仰っていました。あの時代に生きていたら、私も彼女のように生きていたと。ご執筆のために、伊藤野枝と大杉栄の娘にもお会いできたそうで、さすが持っている方だなと思いました。

林　歌人・岡本かの子の生涯を描いた『かの子撩乱』執筆のための取材では、かの子さんの恋人だったお医者さんにも会えたそうです。彼から「かの子と生きた日々だけが本当の日々だった」という趣旨の言葉を引き出したそうで、すごいですよね。

柴　私、『かの子撩乱』を読んだときに、かの子と林さんが重なったんです。

林　本当？　すごく嬉しいです。

柴　純粋無垢の魂で、無防備のまま人と接するんだけど、実はすごく傷つきやすいところというか。

林　うーん、私が純粋無垢ということはないですよ、結構したたかなので（笑）。昔、柴門さんに「みんな林さんに騙されるんだよね。話が面白くて気さくだからどんどん人が寄ってくるんだけど、実は林さんってものすごく人を観察している」って言われたんですよ。当たっているなと思いました。私は意地の悪いところもありますし、そこは寂聴先生と似ているかもしれない（笑）。

柴　私、寂聴先生が九十四歳で書かれた短編集『求愛』が大好きなんです。一編一編で完結しているのですが、子どもを捨てた妻の心理描写や、男とその妻と愛人の三角関係が鮮やかに書かれていて、男女間の狂おしい感じがすごく伝わってくる。文章が本当にお上手で、エロスがたぎっていて、九十歳を過ぎてこういう小説を書かれるんだと驚きました。

林　先生の原点のような私小説集『夏の終り』も素晴らしいです。二人の男の間で揺れ動く主人公の女性の心理描写が巧みで、文章は簡潔なのに、そのシーンがパッと頭に思い浮かぶ。日本が戦争に負けて、皆がとりとめもなく生きているなかで、だんだんと新しい時代がやってきて、その波に乗り遅れまいとする主人公の焦燥感がすごくよく描かれています。林芙美子さんや松本清張さんの作品にも共通することですが、固有名詞や実際にあった出来事をそのまま書くことなく、戦後の埃っぽい感じや昭和の雰囲気を出すのが抜群に上手い。最近は、年表をそのまま書いたような、説明だらけの小説を書く作家さんもいますが、それでは文学賞の選考会では評価されにくいんですよね。

柴　『夏の終り』もそうですが、先生の作品には、〝妻〟の立場の女性がよく出てきて、その顔がよく分からない感じで書かれているんです。不倫している女は、見えないものと戦わなくてはならない、ということが暗示されている。この妻の描き方には、私も影響を受けています。

筋金入りのゴシップ好き

柴　寂聴先生とお会いするたびに「男を作りなさい」「恋しなきゃだめよ」「不倫しなさい」と言われていました。残念ながら期待に応えられなかったのですが（笑）。

林　私は「あなたに他に男がいないはずない」といつも言われていました。柴門さんよりちょっと上級者だと思われていたのかな（笑）。

柴　すごく印象に残っているのが、「私が出家したのは更年期のヒステリーだったの。出家後でしまったと思った」と仰っていて。出家後は、男女の肉体関係は一切なかったらしいです。

林　そうみたいですね。先生と飲んだときに、お店のゲイの男の子が「じゃあ先生、最後にしたのはいつですか？」と聞いたら、「頭を剃る二日前」と。あまりに面白かったので、私もいずれ「真理子まんだら」に書こうーっと、と申し上げました。

柴　先生はゴシップがとてもお好きでしたよね。

林　大好きでした。先生とは週刊誌で何度か対談させていただいたのですが、作家の小田実さんが亡くなったときのエピソードが印象的でした。ある女優さんと小田さんの間に色々な出来事があったと先生がお話しになり、その話を週刊誌が載せてしまったんです。そしたら、女優さんが、事実無根だと抗議の電話を編集部にかけてきた。先生は手書きで詫び状を書いて、私もそれを女優さんから直に見せられて怒られました。私も先生から、あることないこと言われた経験がありますが（笑）、つい許してしまうんですよね。

柴　作家は大体ゴシップが好きですよね。私と林さんはアンテナが似ているから、反応するゴシップが大体同じ（笑）。

林　話を盛るのもお好きでした。この間、私が「徹子の部屋」に出たときに、黒柳徹子さんから、「寂聴さんはゲイバーで酔っ払って、階段から落ちて顔を打ったことがあるんでしょう」と言われたのですが、そのバーって、ゲイバーではないんですよ。おそらく先生は、普通のバーよりもゲイバーということにした方が面白いから、そう話されたのでしょう。

柴　作家はたいがい話を盛りますから。私の夫は、エッセイで私が夫のことを盛りすぎだって怒っていました。「俺はこんなにひどくない」らしいです（笑）。

林　面白い話が大好きだった寂聴先生ですが、世の中で叩かれている人を守る姿勢は一貫していましたよね。ショーケンから小保方晴子さんに至るまで、多くの人を寂庵で匿っていました。

柴　体制的な権力に対する反抗心や、弱者を守るという使命感が強い方だったと思います。東日本大震災の後は反原発運動を精力的に行っていましたし、反戦運動にも積極的でした。寂聴先生の生き方のキーワードのひとつは「革命」だと思うんです。その意味で、『美は乱調にあり』の女性たちと先生には共通点があると思います。

一番好きな言葉

柴　私は若い頃、地元の徳島のことが好きになれなかったんです。因習的で狭くて退屈な町だなと思っていて、早く東京に出たくてたまらなかった。寂聴先生もエッセイに、徳島のことがあまり好きではないと書かれていて、終の棲家も京都にされましたし、私と同じ気持ちなのかなと思っていました。でも私が五十歳くらいの頃に、先生から「柴門さん、そろそろ徳島のことを許して恩返ししなさいよ。もういい年なんだから」と言われて。その言葉がきっかけで、ちょうどその年に打診のあった徳島の観光大使を引き受けることにしました。

林　先生は「徳島の女は情が深い」とよく書かれていました。戦前の大富豪のバロン薩摩は、藤田嗣治のパトロンをするなど、その放蕩ぶりが有名ですが、彼の再婚相手は徳島出身の女性なんですよね。戦後、彼が無一文になっても支え続けて、最期まで献身的だったそうですよ。

柴　今の徳島市の市長、内藤佐和子さんが、日本で史上最年少の女性市長として当選したとき、寂聴先生はものすごく喜ばれていました。朝日新聞のエッセイに「徳島に女性市長が誕生した。徳島は断然男性より女性が優秀である。まず私が出て、次が柴門さん、そして今回が内藤さんだ」ということを書かれていました。私の名前を挙げていただいたのは光栄なのですが、「まず私」というのが、さすが寂聴先生だなと（笑）。

林　柴門さん、「徳島の女」というテーマで何か描けそうですね。

柴　先生も徳島の女性について色々と書き残されていますし、いつか漫画で描いてみたい気持ちはありますね。でも「徳島の女」って、なんだか演歌みたいじゃない？

林　「今日も悲しい徳島の女」って感じね（笑）。寂聴先生は、徳島の大スターであることはもちろん、日本中に先生を知らない人がいないという、本当に大きな存在ですよね。先生は『花芯』でプロの作家としてデビューした際、その過激な内容から「子宮作家」と揶揄され、猛烈なバッシングに遭いました。そのとき、新潮社の名物編集者・斎藤十一さんから「作家なんて恥を晒して金をもらう職業なんだ」と激励されたそうなんです。私もこの言葉をよく思い出します。

柴　先生ご自身も「素っ裸で銀座の大通りを歩けないくらいなら作家になれない」と仰っていました。そのくらいの覚悟でご執筆されていたんですよね。

とにかく尋常ならざるエネルギーを持っている方でした。以前、「私は人前で話すのが苦手なんです」と言ったら、「そうなの？　私は人が多ければ多いほど気合が入る。千人以下だと物足りなくて、話す気がしないわ」と仰っていました。

林　ケータイ小説が出てきた頃は、八十六歳にしていち早く「ぱーぷる」というペンネームで、『あしたの虹』という作品を書かれていました。新しいことをなんでも受け入れて、挑戦するエネルギーが凄まじかったですね。先生は私たち含め、たくさんの人を可愛がってくださったけれど、決して慈善事業のようにただ親切にしていたわけではないと思うんです。どこかで相手から何かを得ようとしていたし、色んな人から秘密や面白い話を引き出して、自らのエネルギーに変えていたのだと思います。

柴　『美は乱調にあり』の女性たちもそうですが、社会活動をする人ってエネルギーが人一倍強いんですよ。だから、性のエネルギーも強いのかも。

林　それは作家にも言えますね。今の若い作家さんはちょっとエネルギーがない気がしますが。

柴　寂聴先生の言葉で一番好きなのが、「祈れば必ず願いはかなう。そのかわり、毛穴から血が噴き出るほど祈らなきゃいけない」という言葉で。そのくらいの集中力がある人は、何をしても成功するのではないかと思います。

林　私が好きなのは、「良いことも悪いことも長く続きません。これを無常と申します」という言葉。良いことがあると、「これは長く続かないな」と思うし、逆に悪いことがあると「これももうじき終わる」と思うようにしています。寂聴先生には本当にたくさんのことを教えていただきました。それを糧に、まだまだ私たちも頑張りましょう。

（初出：「オール讀物」二〇二二年二月号）

初出　「週刊文春」二〇一九年一月十七日号〜二〇二〇年一月二・九日号
単行本　二〇二〇年三月　文藝春秋刊

文春文庫

夜《よ》明《あ》けのM《エム》

定価はカバーに
表示してあります

2022年4月10日　第1刷

著　者　林《はやし》　真《ま》理《り》子《こ》
発行者　花田朋子
発行所　株式会社 文藝春秋

東京都千代田区紀尾井町3-23　〒102-8008
TEL　03・3265・1211㈹
文藝春秋ホームページ　http://www.bunshun.co.jp

落丁、乱丁本は、お手数ですが小社製作部宛お送り下さい。送料小社負担でお取替致します。

印刷製本・凸版印刷

Printed in Japan
ISBN978-4-16-791863-7

（　）内は解説者。品切の節はご容赦下さい。

林　真理子
マリコノミクス！――まだ買ってる
自民党政権復活と共にマリコの正月がはじまった！『野心のすすめ』大ヒット、バイロイトにてオペラ「ニーベルングの指輪」鑑賞など気力体力充実の日々。大人気エッセイ第27弾！
は-3-49

林　真理子
マリコ、カンレキ！
ドルガバの赤い革ジャンに身を包み、ド派手でゴージャスな還暦パーティーを開いた。これからも思いきりちゃらいおばちゃんを目指すことを決意する。痛快パワフルエッセイ第28弾。
は-3-50

林　真理子
わたし、結婚できますか？
ついに「週刊新潮」山口瞳氏の連載記録を抜いて、前人未到の32年目に突入！　ISの犠牲になった後藤健二さん、本を出版した少年Aなど時事ネタから小林麻耶さんとの対談まで収録。
は-3-53

林　真理子
下衆の極み
週刊文春連載エッセイ第30弾！　NHK大河ドラマ「西郷どん」の原作者として、作家活動も新境地に。ゲス不倫から母親の介護まで、平成最後の世の中を揺るがぬ視点で見つめる。（対談・柴門ふみ）
は-3-54

林　真理子
不倫のオーラ
相次ぐ不倫スキャンダルを鋭く斬りつつ、憧れのオペラ台本執筆に精を出し、14億人民に本を売り込むべく中国に飛ぶ。時代の最先端を走り続ける作家の大人気エッセイ。（対談・中園ミホ）
は-3-57

林　真理子
運命はこうして変えなさい
賢女の極意120
恋愛、結婚、男、家族、老後……作家生活30年の中から生まれた金言格言たち。人生との上手なつき合い方がわかる、ときめく言葉の数々は、まさに「運命を変える言葉」なのです！
は-3-52

林　真理子
不機嫌な果実
三十二歳の水越麻也子は、自分を顧みない夫に対する密かな復讐として、元恋人や歳下の音楽評論家と不倫を重ねるが……。男女の愛情の虚実を醒めた視点で痛烈に描いた、傑作恋愛小説。
は-3-20

林 真理子
最終便に間に合えば
新進のフラワーデザイナーとして訪れた旅先で、7年ぶりに再会した昔の男。冷めた大人の孤独と狡猾さがお互いを探り合う会話に満ちた、直木賞受賞作を含むあざやかな傑作短編集。
は-3-38

林 真理子
下流の宴
中流家庭の主婦・由美子の悩みは、高校中退した息子が連れてきた下品な娘。「うちは〝下流〟になるの!?」現代の格差と人間模様を赤裸々に描ききった傑作長編。（桐野夏生）
は-3-39

林 真理子
最高のオバハン
中島ハルコの恋愛相談室
中島ハルコ、52歳。金持ちなのにドケチで口の悪さは天下一品。嫌われても仕方がないほど自分勝手な性格なのに、なぜか悩み事を抱えた人間が寄ってくる。痛快エンタテインメント！
は-3-51

林 真理子
最高のオバハン
中島ハルコはまだ懲りてない！
金持ちなのにドケチな女社長・中島ハルコに持ち込まれる相談事は、財閥御曹司の肥満、医学部を辞めた息子の進路、夫の浮気など。悩める子羊たちにどんな手を差しのべるのか？
は-3-56

林 真理子
ペット・ショップ・ストーリー
ペットショップのオーナー・圭子は大の噂好き。ワケあり女の「私」は、圭子のもたらす情報から、恐ろしい現実を突きつけられて……。女が本当に怖くなる11の物語。（東村アキコ）
は-3-55

林 真理子
ウェイティング・バー
結婚式後、花婿が、披露宴の司会の美女と、バーで花嫁を待つ。親し気なふたりの会話はやがて、過去の秘密に触れて……男女の恋愛に潜む恐怖を描く、10の傑作短篇集。（酒井順子）
は-3-58

林 真理子
野ばら
宝塚の娘役・千花は歌舞伎界の御曹子との恋に、親友の萌は年上の映画評論家との不倫に溺れている。上流社会を舞台に、幸福の絶頂とその翳りを描き切った、傑作恋愛長編。（酒井順子）
は-3-59

（　）内は解説者。品切の節はご容赦下さい。

生きるコント
大宮エリー
毎日、真面目に生きているつもりなのに……なぜか、すべてがコントになってしまう人生。作家・大宮エリーのデビュー作となった、大笑いのあとほろりとくる悲喜劇エッセイ。（片桐　仁）
お-51-1

生きるコント 2
大宮エリー
笑ったり泣いたり水浸しになったり。何をしでかすか分からない〝嵐を呼ぶ女〟大宮エリーのコントのような爆笑エッセイ集、第2弾。読むとラクになれます。（松尾スズキ）
お-51-2

私の釣魚大全
開高　健
まずミミズを掘ることからはじまり、メコン川でカチョックという変な魚を一尾釣ることに至る国際的な釣りのはなしと、井伏鱒二氏が鱒を釣る話など、楽しさあふれる極上エッセイ。
か-1-2

なんでわざわざ中年体育
角田光代
中年たちは皆、運動を始める。フルマラソンに山登り、ボルダリング、アウトドアヨガ。インドア派を自認する人気作家が果敢に様々なスポーツに挑戦した爆笑と共感の傑作エッセイ。
か-32-16

きみは赤ちゃん
川上未映子
35歳で初めての出産。それは試練の連続だった！　芥川賞作家の鋭い観察眼で「妊娠・出産・育児」という大事業の現実を率直に描き、多くの涙と共感を呼んだベストセラー異色エッセイ。
か-51-4

たとへば君《きみ》
四十年の恋歌
河野裕子・永田和宏
乳がんで亡くなった歌人の河野裕子さん。大学時代の出会いから、結婚、子育て、発病、そして死。先立つ妻と見守り続けた夫。交わした愛の歌380首とエッセイ。（川本三郎）
か-64-1

京都うた紀行
歌人夫婦、最後の旅
河野裕子・永田和宏
歌に魅せられ、その歌に詠まれた京都近郊の地をともに歩いて綴った歌人夫婦の記。死別の予感が切なく胸に迫る。河野氏の死の直前に行われた最後の対談を収録。（芳賀　徹）
か-64-3

角幡唯介
探検家の憂鬱
チベットから富士山、北極……。「生のぎりぎりの淵をのぞき見ても、もっと行けたんじゃないかと思ってしまう」探検家・角幡唯介にとって、生きるとは何か。孤高のエッセイ集。
か-67-1

角幡唯介
探検家の事情
本屋大賞ノンフィクション本大賞受賞など最注目の探検家が「実は私、本当はイケナイ人間なんです」と明かすエッセイ。宮坂学ヤフー会長との「脱システム」を巡る対談も収録。
か-67-2

貴志祐介
極悪鳥になる夢を見る
時にスッポンに詫びつつ鍋を作り、時に読む者を不安にする早口言葉を考え、常に阪神愛は止まらない。意外な素顔満載の初エッセイ集。ヒューマニズムと悪についての講演録も収録。
き-35-3

黒柳徹子
チャックより愛をこめて
長い休みも海外生活も一人暮らしも何もかもが初めての経験。NY留学の1年を喜怒哀楽いっぱいに描いた初エッセイが新装版に。インスタグラムで話題となった当時の写真も多数収録。
く-2-3

久世光彦
ベスト・オブ・マイ・ラスト・ソング
末期の刻に一曲だけ聴くことができるとしたら、どんな歌を選ぶか——。14年間連載されたエッセイから52篇を選んだ〈決定版〉。小林亜星、小泉今日子、久世朋子の語り下し座談会収録。
く-17-7

高橋順子
夫・車谷長吉
直木賞受賞作『赤目四十八瀧心中未遂』で知られる異色の私小説作家の求愛を受け容れ、最後まで妻として支え抜いた詩人が回想する桁外れな夫婦の姿。講談社エッセイ賞受賞。　（角田光代）
く-19-50

宮藤官九郎
え、なんでまた？
『あまちゃん』から『11人もいる！』まで、あの名セリフはここで生まれた！　宮藤官九郎が撮影現場や日常生活で出会った名&迷セリフについて綴ったエッセイ集。　（岡田惠和）
く-34-4

（　）内は解説者。品切の節はご容赦下さい。

小林秀雄
考えるヒント
常識、漫画、良心、歴史、役者、ヒットラーと悪魔、平家物語などの項目を収めた「考えるヒント」に随想「四季」を加え、「ソヴェットの旅」を付した明快達意の随筆集。（江藤　淳）
こ-1-8

小林秀雄
考えるヒント2
忠臣蔵、学問、考えるという事、ヒューマニズム、還暦、哲学、天命を知るとは、歴史、など十二篇に「常識について」を併載して、いま改めて考えることの愉悦を教える。（江藤　淳）
こ-1-9

小林秀雄
考えるヒント3
「知の巨人」の思索の到達点を示すシリーズの第三弾。柳田民俗学の意義を正確に読み解き、現代知識人の盲点を鋭くついた歴史的名講演「信ずることと知ること」ほかの講演を収録する。
こ-1-10

佐藤愛子
我が老後
妊娠中の娘から二羽のインコを預かったのが受難の始まり。さらに仔犬、孫の面倒まで押しつけられ、平穏な生活はぶちこわし。ああ、我が老後は日々これ闘いなのだ。痛快抱腹エッセイ。
さ-18-2

佐藤愛子
これでおしまい
我が老後7
タイガー・ウッズの浮気、知的人間の面倒臭さ、嘘つきについて。20年間「悟る」ことなき爽快な愛子節が炸裂する！　冴え渡る考察とユーモアで元気になる大人気エッセイ集。
さ-18-24

佐藤愛子
冥途のお客
岐阜の幽霊住宅で江原啓之氏が見たもの、狐霊憑依事件、金縛り体験記、霊能者の優劣……。「この世よりもあの世の友が多くなってしまった」著者の、怖くて切ない霊との交遊録、第二弾。
さ-18-13

佐藤愛子
孫と私のケッタイな年賀状
初孫・桃子の誕生以来20年、親しい友人に送り続けた2ショット年賀状。孫の思春期もかえりみず、トトロやコギャルはては晒し首まで、過激な扮装写真を一挙公開！（阿川佐和子）
さ-18-32

西原理恵子
洗えば使える 泥名言
サイバラが出会った（いろんな意味で）どうかしている人たちが放った、エグくて笑えてじ〜んとする言葉たち。そのままじゃ食えなくても洗えば使える、煮込めば味が出る！ （壇 蜜）
さ-73-1

司馬遼太郎
余話として
竜馬の「許婚者」の墓に刻まれた言葉、西郷さんの本当の名前——。歴史の大家がふとした時に漏らしたこぼれ話や、名作の舞台裏をまとめた、壮大で愉快なエッセイ集。 （白川浩司）
し-1-139

東海林さだお
ゆで卵の丸かじり
ゆで卵を食べる時、最初にかぶりつくのは丸い方から？ 白身と黄身のバランスから何口で食べ終えるのが正しい？ 「食」への好奇心はいまだ衰えず。大人気シリーズ第33弾！ （久住昌之）
し-6-83

東海林さだお
アンパンの丸かじり
にぎって、固めて、齧りつく。アンパンの別次元のおいしさに我を忘れ、ある時は「日本国鍋物法」を一人審議する……抱腹絶倒、大人気の「丸かじり」シリーズ第34弾！ （重松 清）
し-6-85

東海林さだお
レバ刺しの丸かじり
もう一度アナタに逢いたい！ この世からレバ刺しが消える直前、さだおは走った——ナルトに対する選択肢・柿の種誕生物語・納豆ジャニーズ論など、第35弾も絶好調。 （平松洋子）
し-6-87

東海林さだお
サンマの丸かじり
さようなら…。断腸の思いでプツンと頭を切り落とす。フライパン方式が導入されたサンマの悲劇。冷やし中華は「七人の侍」、許されざる太巻き、コンニャクとの関係など。 （椎名 誠）
し-6-88

東海林さだお
猫大好き
なんとも羨ましい猫の生き方研究から内臓と自分の不思議な関係まで。ショージ君が深〜く考える、大好評エッセイシリーズ。南伸坊、パラダイス山元、近藤誠との対談も収録。 （壇 蜜）
し-6-89

（　）内は解説者。品切の節はご容赦下さい。

東海林さだお
ガン入院オロオロ日記
「ガンですね」医師に突然告げられガーンとなったショージ君。病院食・ヨレヨレパジャマ・点滴のガラガラ。四十日の入院生活が始まった！　他、ミリメシ、肉フェスなど。　（池内　紀）
し-6-93

塩野七生
男の肖像
ペリクレス、アレクサンダー大王、カエサル、北条時宗、織田信長、ナポレオン、西郷隆盛、チャーチル……歴史を動かした不世出の英雄たちに、いま学ぶべきこととは？　（楠木　建）
し-24-4

塩野七生
男たちへ
フツウの男をフツウでない男にするための54章
男の色気はうなじに出る、薄毛も肥満も終わりにあらず。成功する男の4つの条件、上手に老いる10の戦術など、本当の大人になるための、喝とユーモアに溢れた指南書。　（開沼　博）
し-24-5

塩野七生
再び男たちへ
フツウであることに満足できなくなった男のための63章
内憂外患の現代日本。人材は枯渇したのか、政治改革はなぜ成功しないのか、いま求められる指導者とは？　身近な話題から国際問題まで、日本の「大人たち」へ贈る警世の書。　（中野　翠）
し-24-6

春風亭昇太
楽に生きるのも、楽じゃない
「笑点」の司会に抜擢、大河ドラマにも出演と波に乗る人気落語家の楽しく生きる秘訣は、嫌なことはすぐ忘れ、なるべく腹を立てないことにあった。ふわふわと明るいエッセイ集。
し-61-1

ジェーン・スー
女の甲冑、着たり脱いだり毎日が戦なり。
「都会で働く大人の女」でありたい！　そのために、今日も心と体を武装する。ややこしき自意識と世間の目に翻弄されながら、日々を果敢かつ不毛に戦うエッセイ集。　（中野信子）
し-66-1

新保信長
字が汚い！
自分の字の汚さに今更ながら愕然とした著者が古今東西の悪筆を調べまくった世界初、ヘタ字をめぐる右往左往ルポ！　果たして、50年以上ヘタだった字は上手くなるのか？　（北尾トロ）
し-68-1

須賀敦子
コルシア書店の仲間たち
ミラノで理想の共同体を夢みて設立されたコルシア書店に仲間として迎えられた著者。そこに出入りする友人たち、貴族の世界などを、深くやわらかい筆致で描いた名作エッセイ。（松山　巖）
す-8-1

須賀敦子
ヴェネツィアの宿
父や母、人生の途上に現れては消えた人々が織りなす様々なドラマ。『ヴェネツィアの宿』『夏のおわり』『寄宿学校』『カティアが歩いた道』等、最も美しい文章で綴られた十二篇。（関川夏央）
す-8-2

水道橋博士
藝人春秋
北野武、松本人志、そのまんま東……今を時めく芸人たちを、博士ならではの鋭く愛情に満ちた目で描き、ベストセラーとなった藝人論。有吉弘行論を文庫版特別収録。（若林正恭）
す-20-1

水道橋博士
藝人春秋2
ハカセより愛をこめて
博士がスパイとして芸能界に潜入し、橋下徹からリリー・フランキー、タモリまで、浮き沈みの激しい世界の怪人奇人18名を濃厚に描く抱腹絶倒ノンフィクション。（ダースレイダー）
す-20-2

先崎　学
うつ病九段
プロ棋士が将棋を失くした一年間
空前の将棋ブームの陰で、その棋士はうつ病と闘っていた。孤独の苦しみ、将棋が指せなくなるという恐怖、復帰への焦り……。発症から回復までを綴った心揺さぶる手記。（佐藤　優）
せ-6-2

田辺聖子
老いてこそ上機嫌
「80だろうが、90だろうが屁とも思っておらぬ」と豪語するお聖さんももうすぐ90歳。２００を超える作品の中から厳選した、短くて面白くて心の奥に響く言葉ばかりを集めました。
た-3-54

立花　隆
死はこわくない
自殺、安楽死、脳死、臨死体験……。長きにわたり、生命の不思議をテーマとして追い続けてきた「知の巨人」が真正面から〈死〉に挑む。がん、心臓手術を乗り越え、到達した境地とは。
た-5-25